光文社文庫

繭《まゆ》の季節が始まる

福田和代

光　文　社

目次

第一話　逃げた犬と正しい《繭》の入りかた

予兆はあった。

自転車で警察署に出勤する途中、路上でひどく咳《せ》きこむ中年の男性を見かけた。不穏《ふおん》なけはいを感じたのか、職場にいそぐ人の波は、そこだけぽっかりと「台風の目」のように開けている。

男性は、不吉な影法師のように「く」の字になって、くるしげに咳きこみ続けていた。

道場で剣道の朝稽古《あさげいこ》をつけてもらうあいだも、ずっとその影法師が頭から離れなかった。汗を流して制服に着替え、ふたたび自転車で交番に向かい、管内のパトロールをしていても、やはり意識の片隅にその情景があった。

「宮坂《みやさか》さん、ただいまもどりました」

「おう水瀬《みなせ》、お疲れさん」

夕刻にパトロールからもどると、交代要員の宮坂タカシがすでにいて、拾得物《しゅうとくぶつ》の書類を作成しているところだった。

財布をひろった女子高校生ふたり組は、宮坂が財布の中身をていねいにひとつずつ取り出し、拾得物管理システムに入力していくのを興味深そうに見守っている。

高校生たちが交番を出ていき、引継ぎがすむとすぐ、サイレンが鳴りはじめた。久しぶりだ。高台にある役所が鳴らしている。

「《繭《まゆ》》だな」

宮坂が眉をひそめ、状況を確認した。

「今夜十時から《繭》に入るそうだ。水瀬と俺も当番に入ってるぞ。準備はいいのか」

「ひとり暮らしですから。いうほどの準備も必要ないので」

《繭》で必要な食料は、災害対策にもなる。地震や台風、竜巻などの大規模な天災もよく起きるので、非常食などはみんなちゃんと用意できているはずだ。

「そうか。ちょっとうちに連絡させてな」

彼が妻に電話するあいだ、待っていた。

交番の前を、帰宅したり、食料の買い出しに出かけたりする人たちが駆《か》け抜けていく。十時まで五時間しかない。スーパーやコンビニは、いま店にある品を売ってしまいたいから、ぎりぎりまで店を開けるだろう。

「ごめんな、待たせて」

宮坂が電話を切った。

「いえ。大丈夫でしたか、奥さんは」

「うん。俺はしばらく家に帰れんから、よろしく頼むと言っといた」

宮坂は五年先輩で、五年前に結婚した。《繭》が始まると、職務にあたる警察官は家族のいる自宅には帰れなくなる。警察官の妻は、こうしていやでも非常事態に慣れていく。

「それじゃ、あとはよろしくお願いします」

夜勤の宮坂を残し、自転車にまたがって警察署に向かった。

署内も熱っぽさに満ちている。四年ぶりの《繭》なのだ。

水瀬アキオ、と名札のついたロッカーに制服をしまい、私服に着替えるあいだも、更衣室はあわただしい雰囲気だった。

「俺、こんどの《繭》は非番だって」

隣のロッカーから、同期の松永《まつなが》が話しかけてくる。制服を持ち帰るためバッグに詰めている。

「アキオは上番《じょうばん》だって？　頼むな」

「うん。前の《繭》を知ってるから、今回は大丈夫」

警察官になって初めての《繭》は、交番に配属された新米のころで、足がふるえるくらい緊張した。

街灯やネオンのきらめく繁華街を自転車で走り抜ける。小鍋で小豆《あずき》を煮るように、街がふつふつとざわついている。あちこちの店が、休業のしたくをしている。食材が残ったのか、から揚げ弁当を店頭で安売りしている居酒屋があって、夕食用にひとつ購入した。

街頭で、白いローブみたいなものを羽織《はお》った新興宗教の坊さんが演説していた。

「《繭》が来る!」

彼は街灯の下で片手をたかだかと掲げ、おごそかに声を張って注意を引こうとしていたが、あわただしいのでみんなほとんど気に留《と》めていなかった。

「《繭》は福音《ふくいん》なり。やすらかにわれとわが身に問いかけるのだ。わたしたちは何のために生きているのか。本当の幸せとはなんなのか」

署から五分の官舎に帰り、念のために備蓄《びちく》してある食料や日用品の在庫を確認した。ひと月なら、充分まにあう。

午後十時、窓から外を眺めた。

役所の方角から、ぱたぱたとドミノが倒れるように、街の光が消えていった。窓にカーテンをしっかり引いて、寝た。

生まれる前のことだ。

強力な新型ウイルスのパンデミックが世界を襲《おそ》った。

きわめて感染力の高いウイルスで、経済活動をつうじて緊密《きんみつ》につながっていた世界中の国々で爆発的な感染が発生し、死者は三百万人を超えた。ウイルスは変異をくりかえし、さらに感染力の強い株《かぶ》を生みつづけた。

予想外に効果のあるワクチンが早期に開発されたのだが、人口の大半がそれを接種《せっしゅ》して免疫を獲得《かくとく》するまでには、パンデミックの発生から数年がかかった。

そのあいだ、各国は感染者の数が増加すれば都市部を中心に都市封鎖《ふうさ》を行い、生活を支援し、減少すれば解除することを繰り返し、感染拡大をどうにか防いだ。

いつしか人々は、この封鎖と解除のルーティンに慣れ、当然のことと考えるようになっていった。

人類には新たな生活様式が必要だった。

なぜなら、そのウイルスを封じこめても、次の新型ウイルスが必ず現れるからだ。

当時は季節性インフルエンザでさえ、間接的に亡くなる人を入れると、わが国だけで毎年およそ一万人が亡くなっていたそうだ。

感染症は、経済活動にも大きな打撃を与えた。営業を休止せざるをえなかった店舗のなかには、そのまま廃業するものも少なくなかった。消費が冷え込み、経済はゆっくり静かな負のスパイラルに落ち込んで、そこから抜け出すためには、いっそうの長い時間と忍耐と努力を要した。

そもそも、パンデミックが発生するとなぜ経済にまで影響が及ぶのか？　次のパンデミックでは、どうすれば経済への影響を避《さ》けることが可能なのか？

ようするに、感染が拡大しているときには、人間同士が接触しなくとも経済活動ができる社会をつくればいいのだ。

パンデミックの初期において人間同士の接触を断《た》ち、感染の機会をなくせば、ウイルスは消滅する。変異の機会も減っていく。

このやりかたのほうが、忍耐も短期間ですむことがわかってきた。ウイルスの正体と特徴をつかめば、接触を断つべき期間もだいたい読めるようになる。

幸いなことに、当時からすでに通信環境は発達していた。新しい技術に対する不慣れや、不寛容が活用を阻害してはいたけれども、それが最後の手段であれば使わざるをえない。

事務職は、なるべく自宅で仕事をする。

工場では、最小限の要員を残すか遠隔操作に変えていけばいい。

そのころすでに農業や漁業では人手不足の対策としてロボットやＡＩの活用を進めようとしていたし、医療行為ですら、オンラインで診察を受けられるようになった。患者が自分でほとんど痛くない器具を使って採血し、郵送すればそれを検査してもらえる。

——なんだ、オンラインで多くが代替できるじゃないか。

人々はそう気がついたけれども、それでもウイルス感染の心配がない時期には、みんな直接だれかに会いたがった。画面越しでない人間のぬくもりが必要だったのだ。

顔をあわせて食事をしたり、お茶を飲みながらしゃべったり、スポーツしたり、隣に座って映画を観《み》たり旅行したり、そんなたわいもない行為がどれだけ貴重なものだったか、染《し》み入るようにわかったのだった。

それに、何百年も続けてきた習慣は、たったの数十年やそこらでは変わらないものだ。リモートワークだけになると、新しい発想を生み出しにくいタイプもいるとわかった。

そうして、いつしか《繭》のしくみができた。長年のあいだにシステムの改良が進み、洗練されていった。ふだんはこれまでどおりの生活を続け、いざとなれば封鎖と解除の代わりに安全な《繭》に入るようになった。

そして今また、新たなウイルスの感染拡大が始まったのだ。

＊

官舎の駐輪場から自転車を引っ張り出し、路上に出る。

一夜明けると、世界が一変していた。

――誰もいない。

いつもならスーパーに向かう配送車や、営業車が走りまわる道路が、今日は空っぽだ。

集団登校する小学生の姿もない。

自転車はふたたび駐輪場に戻してきた。交番まで歩いても数分だ。

路面に立つと、つんと鼻の奥に冷気を感じる。二月の晴れた朝だった。自宅から制服を着て出勤するのは珍しいが、《繭》の季節は署に寄らないのでこのほうが便利だった。

気のせいか、空気が澄《す》んでいる。

目のとどく範囲の道路に車がいない。バイクも、トラックも、自転車も見えない。もちろん、歩いている人影も。

——静かだ。

道の向かい側にある家の門扉《もんぴ》は、ぴたりと閉じられている。三軒むこうのパン屋も、立て看板をしまいこみ、入り口の扉は閉められたまま。いつもなら、ふわりと漂《ただよ》ってくる焼きたてのパンの匂いもしない。

《繭》に入った家たちは、窓をきっちり閉めきり、カーテンやブラインドシャッターも下ろしている。

——この世界にたったひとりだけ。

変に聞こえるかもしれないが、気持ちがどこか浮き浮きした。

見渡すかぎりの世界を、自分が独り占めしている。足どりだって軽くなる。

『やけにうれしそうだナ、アキオ』

足元から声がして、ハッと見た。短毛種《たんもうしゅ》の銀色の猫のようなものが、まとわりつくように歩いている。

「おどかすなよ、咲良《さくら》」

いつのまに現れたのか、相棒の咲良が、切れ長な銀色の目でこちらを見上げる。

『あいかわらずビビリだな』

小ばかにしたような目つきで、咲良がふんと肩をそびやかし、さっさと歩いていく。

《繭》のあいだ、たがいに感染の可能性がある人間の相棒とは仕事ができないので、代わりにこの猫型警察ロボットが職務を補完《ほかん》する。

――あいかわらず？　前に顔合わせをしただけなのにな。

首をかしげながら後を追う。

「昨日、なにか問題は？」

『なにもないね。宮坂の報告書は今でもへたくそで読むに堪《た》えないが』

咲良は生意気にもぼやき、しっぽを振った。

「咲良だって、楽しそうじゃないか」

『そりゃあな。これだけ探検しがいのある街のふぜいを見るとな』

交番前の路面にちいさな尻を落とし、照れたように前肢《まえあし》で顔をなでる。

七曜駅前《しちようえきまえ》交番と呼ばれるこの小さな交番は、七曜警察署の管内に八つあるうちのひとつだ。

人口十二万の七曜市を東西に貫く、K電鉄東西線《でんてつとうざい》の駅を出て南側にある、ささやかなロータリーに面している。《繭》のあいだは、K電鉄や路線バスも休止中だ。ロータリーで客待ちをするタクシーもいない。銀行、スーパー、コンビニ、すべて休んでいる。

交番を訪れる人もいないが、これが《繭》の期間、警察官の拠点《きょてん》だ。ひとりの警察官の勤務は二十四時間。シフトを組む生身の警察官たちは、互いに接触しないようにわずかに時間をずらして勤務につく。勤務が明ければ、つぎの二日間は休みになる。

『なあ、パトロールに出ないのか？』

端末で昨夜の報告書を確認し、管内のほかの地域でも特別な事件が起きていないことをチェックすると、巡回用のフェイスガードや拳銃など装備品を確認して交番を出た。いそいそと咲良がついてくる。

担当区域を、少なくとも一日に五回は巡回する。

「急がなくても、初日から事件は起きないさ」

《繭》が始まったばかりなら、どちらかといえば環境が変わってわくわくしているだろう。仕事や学校はリモートになり、通勤や通学の必要がなくなって、そのぶんベッドのなかにいられると喜んでいるかもしれない。

サイレンを耳にして、ふりかえった。

赤色回転灯をつけた救急車が、後ろから猛然《もうぜん》と追い越していった。

『患者発生だな』

新型ウイルスに感染した患者が、病院に運ばれていくのだ。

担当区域のあらましは、しっかり頭に入っている。域内に、感染症の治療にあたる総合病院は一軒のみ。今の救急車は、患者をそこに運びこむ。

《繭》のあいだも病院、救急車、消防、警察、そういう待ったなしの仕事は稼働《かどう》している。もちろん電気、ガス、水道などのインフラも同様だが、こちらは最小限の要員のみ残し、あとはリモートで対応している。

『おいおい、なんか静かだなァ』

救急車のサイレンが行きすぎると、前よりもっと静かになった。咲良が頼りない声でつぶやき、周囲を見回す。

――この街で生きているのは自分だけ。

実際には建物のなかで生活しているのだが、そんな妄想が一瞬あたまに浮かんだ。

『アキオ、おまえ、なんかちょっと寂《さみ》し〜くなってないか？』

咲良がロボット猫のくせに意地の悪い目つきでこちらを見上げる。

『オレさまがいるんだから、元気だしな』

ロボット猫は偉そうに言ってさっそうと歩きだしたが、ぬっと目の前に現れた大型犬におどろいて飛び退《の》いた。歯をむいて唸《うな》っている。ロボット猫の電子脳《AI》は、ベースに本物の猫の挙動を組み込んであるそうだ。

「あっ、ごめんなさい」

マンションの玄関から出てきたマスク姿の青年が、犬の首輪をつかんで謝った。犬はサモエドに似ているけれど、別の犬種の血が混じった雑種のようだ。

《繭》のあいだ、一般人は外出を禁じられるが、犬の散歩だけは許可されている。ただし、犬ごとに希望に応じて散歩時間を割り当てられていて、散歩していいのは一日二回、三十分ずつ、自宅から二ブロックの範囲だけだ。

咲良の目が緑に輝き、サモエド風の犬の首輪をスキャンした。首輪に犬の登録番号がデジタル信号として印刷されていて、散歩を割り当てられた時間帯もわかるのだ。

『問題ない』

「どうぞ、行ってくださってかまいませんよ」

寒い日だ。ロングコートを着こみ、マフラーを首にしっかり巻きつけた、おとなしそうな飼い主の青年は、「ありがとうございます」と頭を下げながら、ちらりと咲良を見た。

警察の猫型ロボットが気になる人は大勢いる。咲良が慢心《まんしん》するといやだから言わないが、開発が発表されたときには大きな話題になったし、動くプロトタイプの映像を見て「かわいい」と喜ぶ人も（実は）多かった。

外見はスナネコに似せている。砂漠に生活する野生のネコで、見た目はとても愛くるしいけれど、爪は鋭《するど》く気性が荒く、飼いならすことはできない動物だ。

初日、一回めのパトロールは、こんな感じだった。

許可なく外出している人がいないか確認する。犬の散歩に出くわせば、咲良がチェックする。さすがに初日から違反行為をする人はいないようで、問題は起きない。

自動運転の配達車も、何台か見かけた。配達のみのレストランや、通信販売の商品の配送だ。玄関で商品を受け取る際に、巡回中の警察官に気がついた人もいて、気まずい表情でそそくさと室内に引っこんだ。

『なんだよ。べつに、配達してもらうのは違反じゃないのにな！』

咲良がいまいましげに顎《あご》をつんと上げる。

「そう言うなって。《繭》の期間には、玄関から一歩出るだけで、罪悪感を覚える人もいるそうだから」

それを警察官に目撃されて、落ち着かない表情になったのも気の毒だ。

たしかに、厳密にいえば玄関から外に出るのは法律違反だ。だが、配達された荷物を受け取ろうと足を踏み出したくらいで逮捕するほど、警察も杓子定規《しゃくしじょうぎ》ではない。

《繭》のあいだ、警察官が猫型ロボをともなって街を巡回するのは、緊急事態だから外出してはいけないのだと、あらためて印象づけてもらうためだ。だから、こちらもせいぜい警察官らしい威厳《いげん》をもって街を練《ね》り歩くことにしている。

結局、一回めのパトロールで見かけた人影は、犬の散歩に出かけた青年と、荷物を受け取りに出た男性のふたりだけだった。

二時間あまりの巡回を終え、交番に戻る。

『初日からふらふら出歩くふとどきものがいなくて良かったナ』

咲良が、記憶されたデータから自動的にレポートを作成し、システムに送る。こちらはそれをチェックして、言葉が足りない部分や人間の感覚で感じたことを補って、承認する。

交番にはお湯を注ぐかレンジで温めるだけの弁当が用意されていて、賞味期限を確認しながら、好きなものを選んでいいことになっている。昼食にカレーうどんを温め、食後に二回めの巡回に出た。

昼食時だったからか、誰にも遭《あ》わなかった。犬の散歩も、昼時は避けたようだ。

交番の近くに、壁をきれいなパステルグリーンに塗《ぬ》った家があった。

ほとんどの家は、ブラインドシャッターを下ろしたり、カーテンを閉めたりして、室内が見えないようにしている。でもその緑の家では時おりカーテンを開けて、窓際で仕事をしている人影が見えることもあった。

自分と同じくらいの年ごろの男が、注視していた端末の画面から顔を上げ、振り返るのが見えた。

窓の奥から、恋人なのか奥さんなのか、生き生きとした女性が現れて、マグカップを渡している。ふたりとも笑顔で、まぶしいくらいはつらつと喋《しゃべ》っている。朗《ほが》らかな笑い声が聞こえてきそうだ。温かそうな部屋だった。

『アキオは、ああいうのが好みか？』

咲良の声でわれに返る。

「好み？」

『あの女の人、きれいだよな』

「何いってる。関係ないよ。ちょっと前は、二階の窓はシャッターが下りていたのに、今は開いてるんだなあと思って、見てただけだよ」

仕事が忙しいときはシャッターを下ろしているのかなと思っていたのだ。今はなんだか、のんびりして見える。

『ははーん。まあ、べつにいいんだゾ。そういうことにしておいても』

ロボット相手にむきになるのもおかしいが、猫型警察ロボは、相棒になる警察官の性格にあわせて、繊細《せんさい》に調整されているそうだ。人間の警察官が、上番中たったひとりで誰にも会わず職務をまっとうできるように。

『アキオはひとり暮らしなんだって？　結婚はまだしないのか？』

「うるさいな。仕事中！」

結婚どころか、恋人もいない。高校を出てすぐ東京の大学に行き、大学時代はガールフレンドがいたけれど、こちらに帰ってくると続かなかった。

警察学校は寮暮らしで、もちろん同期に女性はいたけれど、一人前になるために必死だったから恋愛どころではなかった。

『《繭》が明けたら、宮坂に紹介してもらえ。宮坂の奥さんは、運転免許センターで事務をやってるから、同じくらいの年代の女子をたくさん知ってるぞ』

咲良が生意気にも足の甲に前肢を載《の》せ、鼻に皺《しわ》をよせてにやにやした。ひょっとして、ロボ猫には独身警官に結婚をうながす設定も組み込まれているのだろうか。

交番に戻ると、本部からメッセージが届いていた。

『今回の《繭》の原因となるウイルスは、世界保健機関《WHO》によりrhivid-66と名づけられた』

リビッド66。

モニターの画面に現れた、その禍々《まがまが》しい文字を指先でなぞる。

『政府は、今回の《繭》の期間を四週間と定めた。感染者数の状況を見て、延長・短縮の判断を行うものとする』

原因ウイルスの特徴や、感染を予防するために必要なことなども書かれている。

外を出歩くのは警察や救急、消防など、ごく一部の業務に携《たずさ》わる人間に限られるので、感染予防に関心を持つのも一部の人間だけなのだ。ほとんどの国民は、《繭》に引きこもっているから。

感染力は強く、近日中に警察官に対しては通常の支給品と別に、高機能なマスクが配布されると書かれている。

——それまでに感染しちゃったらアウトってことか。

しんと静まりかえる街だけ見ていてもピンとこないが、いま感染者を診《み》ている病院に行けば、きっと患者が何人も隔離されていて、医師や看護師らが細心の注意を払って治療しているはずだ。

ウイルスと戦う人類の最前線だ。

『おい、アキオ！　あれ！』

交番の床に寝そべり、のんびり人工の毛を舐《な》めていた咲良が、いきなり飛び起きた。

交番前の通りを、猛スピードで黒い四つ足の動物が駆け抜けていく。

「なんだあれ」

立ち上がって外を見てみると、誰もいない午後三時の道路を、真っ黒な大型犬が西に向かって走り去るところだった。

飼い主の姿は見えない。飼い犬が逃げたのだろうか。このまま放っておくわけにはいかない。

「咲良、行くぞ」

『おう！』

自転車を引っ張り出し、走りだす。咲良は反応が早く、先に犬を追っている。身体《からだ》は小さいが、取扱説明書によれば、時速七十キロと言われるグレイハウンドにも負けない。機械だから持久力もある。

――まあ、電池が切れない限りは。

自転車で追いついたときには、咲良が犬の前に立ちはだかり、唸り声と歯をむき出す表情とで大型犬を立ち止まらせていた。犬は、濡《ぬ》れたような漆黒の毛並みを持つ、ラブラドール・レトリーバーだった。

「ようし、よし」

黒ラブは息をはずませ、とまどったようにうろうろと小さな円を描いて歩き回っている。太い首輪をつけているが、リードはない。首輪をつかんで捕まえた。噛《か》んだり、吠《ほ》えたりもしない。おとなしい犬で助かった。

動物は好きだけど、暴れたりすれば力ずくでも捕まえなければならない。生き物あいてに、手荒なまねはあまりしたくない。

「どうした。どこから逃げてきたんだ」

黒ラブはつぶらな瞳を上げ、長い舌を出してハアハアと息を吐いた。背中を撫《な》でてやると、気持ちよさそうに目を閉じた。

『三ブロック向こうの家の飼い犬だ。飼い主の名前は藤田《ふじた》さん。この犬はクロスケ。散歩の時間は、午前九時と午後九時の予定だな』

犬は喋れないが、首輪のデータを読み取った咲良が教えてくれる。こういうとき、咲良の存在は便利だ。

自転車を押し、クロスケと咲良を連れて、三ブロック先まで歩いた。目ざとく咲良が見つけて唸った。

『玄関が開いてるぞ』

クロスケの飼い主は、レンガ色の四角い箱のような家に住んでいる。「藤田」と彫られた金属板が門柱に埋め込まれているのを確認し、念のためにインターフォンを押してみたが、応答はない。警戒信号が、頭のなかでチカチカ光って警告している。

――《こまゆ》を身に着けてくれば良かったな。

他人との接触を避けるヘルメットだ。後悔したけれど、今から引き返す余裕はない。

「咲良はここにいて」

『おう。誰か出てくれれば見張ってる』

「ついでに、この家の住人について照会しといて」

『まかせとけ』

この家に庭はない。クロスケは室内で飼われていたようだ。

いきなり犬を室内に連れて入るのは避けた。門扉を閉め、玄関と門のあいだの狭い空間に閉じ込めると、彼はおとなしく伏せて、前肢の上に顎を載せてくつろいだ姿勢になる。家に戻ってきて安心したようだ。

玄関のドアは、スリッパがはさまって細く開いたままになっていた。

「藤田さん！　どなたかいらっしゃいませんか。警察です。犬が逃げてましたよ」

ドアを開けて大声をあげても、答えはない。しばし、屋内から聞こえる物音に耳を澄ませた。やっぱり、しんとしている。

「入りますよ」

慎重に靴を脱ぎ、中を見て回った。玄関、廊下、二階に上がる手すりつきの階段はあるが、先に一階を見る。きちんと整理整頓された居間に、小さなキッチン。そんなに大きな家じゃない。だが、カップボードに飾ってあるブランド食器のイヤープレートなど、こだわりと愛着を感じる。

クロスケの水飲みトレイと、エサの皿が部屋の隅に置いてある。寝床だろうか、毛布が一枚、折りたたんで敷《し》いてある。掃除も行き届いた、清潔な部屋だ。

誰もいないので、二階に上がってみた。

この家の主《あるじ》は、犬が逃げ出したのに慌てて、追いかけて飛び出したまま、まだ戻ってないんじゃないか。そんなことを考え始めていたが、階段の途中で考えをあらためた。

かすかに不穏な臭気がした。

二階は部屋がふたつある。寝室と、書斎《しょさい》のようだ。

念のため、二階に誰も隠れたりしていないことを確かめて、無線で本部を呼んだ。

「駅前交番の水瀬です。逃げたと思われる犬を捕獲したので、飼い主の家を確認しに来ましたが、中で人が死んでいます」

藤田寿郎《としろう》、四十三歳、妻子と別居中。自宅は寿郎名義で、現在はひとり暮らしだ。

《繭》の期間は、よほどの大事件でない限り、初動からかんたんな鑑識《かんしき》、捜査まで、担当時間中はひとりで担当しなければならない。初めてのときは足が震えるほどの緊張感だった。

遺体は、大げさな防護服を着た医師が来てかんたんに検死を行い、解剖に回すため救急車に乗せられた。

「ざっと見ただけでは、外傷はありません」

医師は髪をひっつめにした五十代の女性で、顔の前面が透明プラスチックの重そうなヘルメットの中から告げた。

「自然死ですか？」

「可能性はあります。感染症で亡くなったのかもしれないし」

死亡時期や死因の検証は、解剖で医師が結論を出してくれるだろうが、妙なのは玄関が開いていたことだ。

玄関の鍵は電子キーが三か所ついている。オートロックなので、ふつうなら「開けっ放し」にはならない。スリッパが扉にはさまり、邪魔をしたので鍵がかからなかったようだ。

『偶然、こんなところにスリッパがはさまるとは思えないな』

咲良が扉と鍵の構造を確認して言った。

犬が自分で三か所の電子キーを開けて逃げたわけでもないだろう。玄関が開いているのを見つけて、外に出ただけだ。

「つまり、誰かがスリッパをはさんで、玄関の扉を開けておいたのか」

犬が外に出ていくように。

「あなたはまだ聞いてないと思いますけど、リビッド66はそうとう怖いウイルスなんですよ。感染力が強いうえに、潜伏《せんぷく》期間が二週間と長いんです。だから、《繭》に入っている人たちのなかには、すでに『アレ』に感染している人も少なくないはずですよ」

医師は、疲れた表情で遺体を見下ろした。

藤田寿郎は紺色のジャージの上下を着ている。目は開いたまま、うっすら隙間のできた唇のあいだからは、白い歯が覗《のぞ》いている。《繭》に入ると多くの仕事が在宅勤務になるので、だんだん服装や身だしなみがカジュアルになっていく。この男は、服装はいいかげんだが、ひげはちゃんと剃《そ》っているようだ。

『《繭》は昨日からだからな。まだひげは伸びていないだろ』

咲良の声に、われに返った。

「被害者の職業は？」

『SR』

は？　という顔を見て、咲良が歯をむき出した。

『システム・レギュレイター。ほれ、電子脳の調整屋だ』

「調整屋なら調整屋と言ってほしい」

いまどきの電子脳は自分でデータを収集して、人の手を借りず勝手に学習して成長するのだが、たまに集めたデータに偏《かたよ》りが生じて、妙な挙動を示すことがある。

そんなときは、調整屋の出番だ。ちなみにこれは、警察官のためにつくられた、情報収集用の動画サイトの受け売りだ。

「ちょっと」

医師に呼び止められた。

「遺体や部屋の内部に触《ふ》れたなら、アルコール消毒を忘れないで。もし、亡くなった人が感染していたら――」

それ以上は、聞かなくてもわかる。犬を追いかけて飛び出したが、《繭》期間の勤務中は、手袋やマスクは常装備だ。

「念のために、検査キットも渡しておくから。今夜、寝る前に使ってみて。もし感染していればすぐにわかるから」

封筒に入ったキットを渡された。

「犬はどうするんですか」

ラブラドールのクロスケは、まだおとなしく門扉の前に座っている。言われたとおりアルコールスプレーで手袋を消毒しながら尋ねた。

「遺体は引き取るけど、犬は聞いてない。家族に連絡がついて、引き取り手が現れるまで、交番で預かってくださいよ。幸い、『アレ』が犬や猫に感染した事例はないから」

有無を言わさず、医師が救急車で走り去った。こんなとき、交番は「なんでも屋」だ。職務のグレーゾーンはすべて交番が引き受ければいいと思われている。

しかたがないので、犬用のトイレやエサ、水のトレイ、毛布にリードなど、目につくものをかき集め、クロスケをつれて家を出る。

飼い主を乗せた救急車が走り去ったときは、つぶらな瞳でじっとその後ろ姿を見ていたクロスケは、リードをつけるとリズミカルな足取りで交番までついてきた。飼い主が死んだことに気づいているのかどうか、わからない。

路上にほかの人間の姿はなかった。救急車のサイレンで、異変が起きたことに気づいたのかもしれない。見上げる窓はみな、カーテンやシャッターを閉めている。まるで外界を拒絶するみたいに。

　交番にもどると、自分の家にもどったようでホッとした。

　まず、藤田家から持ち出したエサ用のトレイなどを、洗ったりアルコールスプレーで消毒したりした。それからクロスケに水とエサをやり、交番のすみに毛布を敷いて、居場所をつくってやった。

『おい、アキオ。死んだ藤田寿郎の、別居してる奥さんの連絡先につないでやるからな』

　咲良が偉そうに宣言して、ビデオチャットで相手を呼び出している。もちろん遺族と話すのは人間の役目だ。

　藤田寿郎の妻リリカは、しっかりした顔つきの三十代の女性だった。短い髪を、今年流行のオーロラ色に染めている。彼女は、藤田寿郎と思われる人物の遺体が見つかったと聞いて、驚いていた。

「《繭》の最中ですから、ご遺体の本人確認はお願いしません。寿郎さんはパスポートをお持ちでしたので、指紋で確認します」

『寿郎は、病気だったんですか？　例の？』

「まだわからないんです。ご自宅で亡くなっているのを発見しました」

　玄関が開いていたこと、犬が外に出ていたので発見が早かったことなど話すと、言葉もなくうなずいている。

「これから司法解剖をおこなって、その結果をまたお知らせします」

『お葬式、どうしたらいいんでしょう。遺体はいつ返してもらえますか』

「解剖の結果によりますが、もし死因が感染症なら特別な対応が必要ですから」

気丈なリリカの表情は落ち着いて見えたが、そこでようやく『娘にどう言おう』と、混乱する内心を吐露《とろ》した。

「寿郎さんは、あのおうちにひとりで住んでいたんですか」

『そうです。犬のクロスケと』

「玄関の鍵が開いて、スリッパがはさまっていて扉が開けっ放しだったのですが、寿郎さん、そんなことしませんよね」

『神経質な人ですから、扉を開けっ放しにしたりはしません。しっかり施錠《せじょう》を確認するタイプです』

「失礼ですが、別居されて長いんですか」

『一年あまりです』

一年も別居していたのなら、最近の夫の行動を尋ねても知らないだろう。多少、機械的になったかもしれないが、お悔《く》やみを述べた。もうひとつ、リリカに頼むことがあった。

「ラブラドール・レトリーバーのクロスケくんを交番で預かっています。引き取っていただけませんか」

彼女は息を呑《の》み、『もちろん』と答えた。住所を聞き、時期を見て送り届ける約束をした。警察官も職務以外では外出できない。リリカが住むのは隣の市で、越境の許可がいる。

「クロスケ、良かったな。奥さんがおまえを引き取ってくれるって」

通話を終えてクロスケを見ると、なぜか毛布には乗らず、床に腹ばいになってくつろいでいる。表情は落ち着いているようだ。

「あれ、その毛布、おまえのじゃなかったのか？　床に敷いてあったんだけどな」

『床がひんやりして気持ちいいんだろ』

咲良が報告書を作成しながら言った。

『しばらくクロスケを預かること、次の担当者にも引き継がないとな』

そうだ。遺体発見で時間を取られたが、二十四時間の勤務を終えれば、次の担当者が交番勤務に入る。明日の当番は宮坂だ。交番にクロスケがいればびっくりするだろうから、先に知らせておいたほうがいい。

午後五時だった。予定より遅くなったが、クロスケは交番につないで、三回めの巡回をした。外出禁止に違反する人はいないか。散歩中の犬は、許可された場所と時間の範囲内か。咲良が頼りになる。

日没が近づくと、街が黄金色に染まる。

休業しているスーパーも、ぴったり玄関と窓を閉めた民家も、オレンジ色の光に照らされて絵のような美しさだ。

——美しいが、冷え冷えとして寂しい。

ここを歩いている人間は、自分ひとり。

犬を散歩させる人がいないと、ほんとうに路上はしんとしている。

『《繭》の勤務で、死体を見つけたのは初めてだよな』

からかうように、咲良が長いしっぽでふくらはぎを軽くたたいた。

「ああ。初めてだな」

四年前は、なにも起きませんようにと祈るような気持ちで勤務していた。その甲斐《かい》あってか、空き巣と無断外出を数件、逮捕しただけだった。

『《繭》の期間中に変死者が出るのは、七曜警察署管内では三回めだ。あとの二回は、二十二年前と十三年前。どっちも殺人だって。《繭》の初日に変死者が出たのは、今回が初めてだってよ。アキオおまえ、よっぽど運が悪いな』

クックッと笑っている咲良は、署のデータベースで調べたらしい。

「解剖の結果が出れば、わかるさ」

救急車のサイレンがまた近づいてきた。

近くの白いマンションの前で停《と》まり、防護服に身を包んだ隊員らが、あわただしくエントランスのインターフォンを鳴らしたり、担架《たんか》を出したりしている。

　あの様子では、感染症の患者がまた出たらしい。彼らの邪魔にならないよう、咲良を急《せ》かして離れた。遠くから振り返って見ると患者は若い女性のようで、長い髪をひとつにまとめてマスクをつけ、くるしそうに咳《せき》をしながら担架で救急車内に運ばれていった。

『アキオは大丈夫か？　もし藤田寿郎が感染していたら』

「遺体の脈はみたけど、それ以外は触ってないよ。すぐアルコールで消毒したし」

　生きていればともかく、死体は咳もくしゃみもしない。呼吸もだ。

「死体が自分で、玄関のドアにスリッパをはさんだりもしないよな」

『あの犬が天才で、自分で鍵を三つ開けて、飼い主のスリッパをはさんだんでなきゃな』

「鍵は電子キーで、外から開けるときは飼い主の腕時計が鍵になる。内側から開けるときは、サムターンを回すだけだ。もちろん、犬にはムリだろうけど」

『なら、藤田寿郎が死ぬ前に、自分でドアを開け、スリッパをはさんでオートロックで鍵が閉まらないようにしたとか？』

「それはありえる。でも何のために？」

『急に気分が悪くなったんじゃね？　ひとり暮らしで、このまま死んだら誰かが見つけてくれるまで何日もかかるかもしれない。だから』

「なるほどね。だけど、死ぬかもしれないと思うほど気分が悪いのに、わざわざ二階に上がるかな。藤田さんは書斎に倒れていた」

見つけてほしいなら、一階で倒れたほうがいいはずだ。

ともかく、解剖の結果が出れば、なんらかの結論は導き出せるはずだった。

三回めの巡回もなにごともなく、交番にもどって弁当を温めて食べた。クロスケのエサ皿に、藤田家にあったドッグフードを入れてやると、喜んで顔をつっこんで食べた。

『そいつの散歩は、午後九時だぞ』

咲良が注意する。次の巡回を午後九時にして、クロスケも連れていけばいい。

次の巡回の前に、医師から解剖の結果が届いた。

『死因：リビッド66感染による呼吸困難』

殺人事件ではなかった。

外傷なし。薬物使用の痕跡《こんせき》もなし。

ホッとする。

死亡推定時刻は、今朝の七時ごろ。倒れたとき、藤田寿郎はくたびれた紺のジャージを着ていた。《繭》で外出できないから、カジュアルな服装をしているのだと考えたが、ひょっとするとあれは寝間着だったのかもしれない。

「起きてすぐ、倒れたのかな」

解剖結果も、報告書に入れておく。

咲良が推理したとおり、藤田は起きて着替えるまでに、気分の悪さを感じたのかもしれない。新型ウイルスの感染を疑った。

ひとり暮らしだから、倒れても誰も気づいてくれない。だから、まず一階に下りて玄関のドアを開け、スリッパをはさんで鍵が開いたままになるようにした。ドアが開いていれば、散歩に行きたくなったクロスケが外に出て、誰かが気づくはずだ。

それから――いや、この一連の行動は何かおかしい。

「感染を疑うほど気分が悪かったのなら、玄関のドアを開けるより先に、救急車を呼ぶと思うんだけどな」

だが、救急センターに連絡はなかった。電話をする前に倒れてしまったのか。

「待てよ。電話は一階にもあったぞ」

寝室は二階にある。藤田は起きてすぐ気分が悪いと感じ、一階に下りて真っ先に玄関の鍵を開けたのか？　そしてなぜか一階の電話を使わず、二階に戻って書斎で倒れた。

どうも釈然としない。藤田の行動が、すっきりとつながらない。

『オレさまたちロボットは理屈どおりに動くけどよ、おまえら人間は理屈どおりに動かないことがあるからな。死んだ人間が何を考えたかなんて、考えるだけ無駄だ』

咲良が、後ろ脚で顎を掻《か》きながら苦笑する。猫らしい動きだが、笑いかたがなんだかオヤジくさい。

だがまあ、咲良の言うとおりだった。

藤田寿郎は死んでしまったし、死因は感染症で、事件性はない。二階で倒れたのだって、それなりの理由があったのだろう。

報告書には病死と書き、今日はもう遅いので、明日の担当者から家族に遺体引き渡しの件で連絡をしてもらう。玄関の鍵が開いていた事実は報告書に残すが、その理由なんて、よけいな推測は書かないほうがいい。

午後九時にはクロスケにリードをつけ、散歩がわりの巡回に連れていった。本来なら二ブロックしか歩けないのに、駅前交番の管内を一時間半もかけて歩いたので、とても満足そうだった。

クロスケは散歩しやすい犬だ。人と一緒に歩くことに慣れている。歩きながら、時おり視線を人間に向けて、アイコンタクトをとろうとする。目を見てやると安心したように長い舌を出し、ハッハッと息を吐く。楽しそうにしっぽを振りながら歩く。

頭を撫でると、幸せそうに目を細めた。大型犬はたいていそうだが、身体が温かい。夜になるといっそう冷えるから、クロスケの温かい背中に触るとホッとする。短毛種だが、よくブラッシングされているようで、撫でると手触りがやわらかく気持ちがいい。

途中、白い子犬を連れた女性に出会った。そのときだけ、クロスケはしきりに子犬に近づこうとしてこちらを強く引っ張ったが、リードをしっかり持って、近づけないように気をつけた。いきなり大型犬が近づいたりすれば、怖がるだろう。

　咲良が首輪をスキャンし、散歩許可枠に違反していないと確認した。女性はこちらに会《え》釈《しやく》し、子犬を連れて歩いていった。あまり散歩に慣れていない様子だったので、飼い始めたばかりなのかもしれない。

「犬を飼ってすぐ《繭》に入るってのも、気の毒だな。本当なら、いろんな場所に連れていきたいだろうにな」

『ひとりで《繭》に入ると寂しいから、あわててペットを飼う人もいるらしいぞ』

「それは後で混乱を招きそうだな」

　クロスケは、白い子犬に飛びつこうとした以外は、おとなしくて賢い犬だった。

『可愛《かわい》がってたんだろうなァ。愛犬を残して逝くとは、気の毒に』

　咲良がしんみりと言った。

「――ふん」

『なんだよ？』

　横目で睨《にら》んでいる。ロボットだろうがなんだろうが、咲良はなかなかいいやつじゃないか。手を伸ばして、咲良の頭を撫でた。ひんやりした金属の硬さを感じた。

『気やすく触るなよ、バカ！』

　咲良が頭を下げて、手のひらの下から逃れ出た。

二十四時間勤務なので、途中、咲良に監視をまかせて二時間ほど仮眠を取る。寝る前に、医師に渡された検査キットを使ってみた。陰性だった。

簡易ベッドで毛布をかぶったが、神経が高ぶっていて寝つけなかった。

最後の巡回は午前三時に行った。凍《こお》るような寒さだった。クロスケはぐっすり眠っていたが、念のために交番につないでおいた。さすがに、怪しい人影も見なかった。静かなものだ。

《繭》初日の交番勤務は、こうして終わった。


二十四時間働いて、次の二日は休む。

そうすると、だいたい週に四十八時間の労働になる。《繭》の期間の不規則な勤務時間だが、意外に嫌がられてはいない。

嫌がられるのは、たったひとりで二十四時間、責任を持たねばならない点だ。

《繭》のあいだは、限られた職種につく人以外、原則として外出を禁じられる。だから、店舗での窃盗や往来での喧嘩などの事件は起きにくい。

だが、《繭》の期間が長くなるにつれ、みんな禁足に飽きはじめる。監視の目をぬすんで外出したり、こっそり集まって自宅で宴会をしたりする。警察官の仕事は、《繭》の後半ほど忙しくなるわけだ。

休みのあいだ、新型ウイルスの新規感染者数や死亡者数、各国の対応、薬やワクチン開発の状況など、政府やWHOの発表や、報道機関の記事などを追いかけて読んでいた。《繭》のあいだに必要な食品や日用品は、ストックしてある。どうしても足りなくなれば、通販サイトに頼ればいい。

モニターで映画を観たり、音楽を聴いたり、動画を見ながら室内で軽く筋力トレーニングをしたり。

それでも時間が余り、記事を読み込んでしまう。

「潜伏期間はおよそ二週間で、《繭》に入って二週間後から感染者数が減りはじめるのか」

政府の医療統括機関がそう予測している。つまり、まだ十二日はかかるということだ。検死に現れた医師が、あれはそうとう怖いウイルスだと言っていた理由もわかった。死亡率がこれまでの一般的な感染症よりも高い。

海外では、《繭》のシステムを取り入れない国も多い。わが国のように、周囲を海に囲まれた島国なら、国内で感染者をゼロにしてしまえば、あとは海外から持ち込まれることを警戒すればすむ。

だが、陸続きで隣国と接している国々では、《繭》を取り入れてもそれほどの効果を発揮できないと見て、取り入れなかった国もあるのだ。

《繭》の仕組みを持たない国々の中には、感染者数が爆発的に増えて、医療機関が疲弊《ひへい》しはじめているところもある。

（体調悪化のスピードが驚くほど速く、おかしいなと感じたときには、もう立ち上がれなくなっていた）

生還した患者が病室で語っている。

なるほど、自宅で亡くなった藤田寿郎も、自分で感じた以上に体調が悪くなっていたのかもしれない。

七曜市の感染者数や死者についても、ついつい見てしまった。人口十二万人の市で、すでに感染者は三十人。

昨日の感染者は五人、うち死者がひとりと出ているが、これが藤田だろう。

「そういえば、昨日は藤田ともう一人が搬送される場面に出くわしたんだな」

ひとりで声を出して話していることに気がついた。気をつけないと、傍《はた》から見ていればちょっとおかしな人のようだ。

咲良はいない。なんとなくいるような気がしていたが、七曜駅前交番に猫型ロボットは一台しかなく、人間の警察官は入れ替わっても、ロボットはずっと同じだ。

休みの間には、仮想空間に入れる《羽衣《はごろも》》を使って、チャットやゲームもよくする。友達らがよく《羽衣》で連絡をしてくるのだ。

『えっ、おまえ《繭》に入れないの？　警官ってそうなの？　かわいそうだな！』

いきなり叫んだのは、学生時代の友人の佐古《さこ》だ。

「何がかわいそうなんだよ」

アニメの脚本家をしているという佐古は、虹色の髪を何本もの細い三つ編みにして、頭のてっぺんにはニットの小さな帽子をかぶっている。そんな珍妙な頭をした男に、かわいそうだなんて言われたくない。

『《繭》の外は感染する危険があるし、こんなに平和で気楽なものはないんだぞ』

「警官が全員ってわけじゃないから。単に、当番なだけだから」

佐古は、そもそも自宅にほとんど引きこもって暮らしているそうで、《繭》は最高の贈り物だと感じているらしい。《羽衣》から出て現実に戻ると、裸で歩いているような気分がするとも言っていた。

『おまえ、平気なの』

「べつに平気だよ。仕事だし」

《繭》に入れないのを残念に思ったことはない。四年前も《繭》に入らず仕事をしていたし、それを不満に感じてはいない。四年前より今のほうが仕事に慣れているから、むしろずっと気が楽だ。

佐古はあわれむような目をして、『ときどき連絡してやるよ』と言った。

――おおげさだ。《繭》はたった四週間じゃないか。

別の機会には、同期の松永がビデオチャットをかけてきた。これは《羽衣》と違って、昔ながらのテレビ電話というやつだ。通信のデータ量が少ないから、どこにいても使える。

『どうよ、《繭》勤務は』

「どうって、まだふつうかな」

『二日めだもんな。困ったことはないか？』

「今のところは」

『ちょっとだけ、おまえがうらやましいよ。《繭》勤務に入ると、実力がつくんだってな。何もかもひとりでやらなきゃいけないから。おまえ二回めだろ』

「あんまり実力がついた実感はないけど」

言いながら、藤田の件を思い出した。同じ警察官どうしで教えるのは悪くないだろう。珍しい事件だし、松永も興味を持つかもしれない。特に、開けっ放しだった玄関に。

『ほんとに変な話だな。鍵の件は怪しいと俺も思う。だけど、死因は病死だったんだよな？』

案の定、松永が食いつく。

「そうなんだ。監察医が間違いないって。外傷はないし、薬物や毒物の痕跡もない。健康体の四十三歳なのに、あっさりウイルスに斃《たお》れた」

『おっかねえ。ほんとに、そんな年齢でもぽっくり死ぬんだなあ』

「人間の寿命なんて、わかんないもんだよな」

『俺たちだって《繭》に入る前に感染していたら、どうなるかわかんないもんなあ』

松永はうっかりそんな言葉を吐いた。たしかに、松永は《繭》に入ったが――。

『あ、ごめん。おまえは今回、《繭》に入れないんだった』

「いや、仕事だし。ほかのみんながきちんと《繭》に入ってくれれば、問題ないよ」

『そうだな。気をつけろよ』

松永の背後で、誰かが『コーヒー飲む？』と尋ねる声が聞こえた。

「誰かと一緒なのか？　ひとり暮らしじゃなかったっけ」

『それがさ』

松永が照れたように頭に手をやる。

『《繭》に入ることが決まったから、いっそ彼女をうちに呼ぶことにしたんだよな。同居人として申請して、上の許可も取ったよ』

「なんだよ、《繭》婚ねらいか？　こっちは仕事してるのに、同期のぬけがけは許さん！」

松永が顔を赤くして大笑いした。《繭》を理由に同棲《どうせい》し、そのままゴールインすることを《繭》婚という。システムが完成してから、《繭》のたびに婚姻届を出す人数が何パーセントか増えるそうだ。

彼女がビデオチャットの画角に入るよう、松永が強引に手を引っ張った。『もう』と怒ったふりをしていたルルさんという彼女も、最後には誇らしげな笑顔で画面に映り、手を振った。しっかりした感じの、きれいな人だ。松永と似合いだと思った。

通話を終えると、急に部屋が空っぽになった気がした。にぎやかな松永の声が聞こえなくなったからだろうか。

《繭》の期間、家族のいない独身者が、ひとりぼっちで引きこもるのは想像以上に危険らしい。まず、たいくつする。寂しくなる。身体を動かさなくなると、特に高齢者の身体機能が衰える。あわてて犬を飼って、散歩に連れていこうとする人がいるのもそれを防ぐためだろう。

ひと月のあいだ誰とも話さず、外部との接触がないまま閉じこもっていると、心を病む人も出てくる。《繭》を繰り返すうち、それを予防する方法もわかってきているが、いちばんかんたんで効果があるのは、「気の合う誰かと一緒に住むこと」だ。

夕食に冷凍のメンチカツを温めて、インスタント麺と一緒に食べようとしていると、交番からビデオチャットが入った。

『すまんな、メシの最中に』

当番の宮坂が制服姿で映っている。

『犬のことだ。例の、藤田さんちのクロスケな。おまえ明日も休みだけど、奥さんの家に連れていってくれないか』

当番にあたる警察官が、管区を離れて隣の市まで行くことはできない。だから、《繭》のあいだ交番勤務になる三人のうち誰かが、非番の日に犬を連れていけばいい。

「いいですよ、どうせ暇だし。外出許可をもらえますよね」

『うん。公務だからな』

それなら何も問題はない。

『富山《とみやま》に引き継いでおくから、明日こっちに来て、犬を連れていってくれよ。空いているパトカー使っていいからさ』

大型犬を連れて隣の市まで行くなら、さすがに自転車ではつらい。ありがたく署のパトカーを使わせてもらうことにした。

「そういや、宮坂先輩は《繭》のあいだ、どこに住むんですか。自宅には帰れないんですよね？」

家族もちの警察官が《繭》勤務にあたる場合、万が一のときに家族に感染を拡大しないよう、自宅とは違う場所に寝泊まりする。

『署の最上階に、仮眠用の個室を借りるんだ。同じ境遇のやつが何人か泊まってる』

「それ、つまんなくないですか？　たいくつしたら、交番にゲームでも持っていって置いておきますから、言ってくださいね」

『おう、ありがとう』

宮坂がほんとうに嬉しそうな顔になった。

翌日は、午前中に署に立ち寄り、パトカーを借りて交番に向かった。

小さな駅前交番に駐車スペースはないが、駅のロータリーに停めていいことになっている。車を置いて交番に歩いていくと、甘ったれた子どものような声が聞こえてきた。

『ねえねえ、リョータ。お昼はそっちのカレーピラフがいいと思うナ。リョータ、カレー好きだって言ってたじゃん』

「そうだなー、そうするかミンちゃん」

今日の当番の富山が、デレデレと目尻を下げて相手しているのは、猫型警察ロボットだ。外見は咲良にそっくり――というより、ロボットとしての筐体《きょうたい》は咲良と同じなのだが、中身が相棒の警察官ごとに入れ替わる。警察官の交代時に、それぞれの相棒のデータがセットされるのだ。

富山の相棒ロボのミンは、甘えるように富山に身体をすりよせた。顎の下を撫でてもらって、うっとりしている。

「富山、犬を連れに来たよ」

一年後輩の富山は、背が高く肩幅も広く、いかにも警察官らしい体格にめぐまれている。立ち上がると威圧感すらある。だが、性格はどちらかといえば、おっとりしている。

「ありがとうございます、水瀬先輩。ほんとは今日、休みなんでしょ」

「うん。どうせヒマだし」

隅の床に寝そべっていたクロスケは、目を輝かせて立ち上がった。しっぽを振っている。藤田家から持ってきた毛布も敷いてあるが、やっぱり使っていなかった。

「すごい、もうなついてますね。水瀬先輩は犬、飼ってたんですか」

「昔、子どものころにな。もっと小さいやつだけど」

頭を撫でてやると、クロスケがタレ目になって喜んだ。ロボットのミンが毛づくろいするようなしぐさをしながら、クールな視線を投げかけている。咲良と同じ筐体で、中身がまったく異なるというのは、なんだか妙な感覚だった。

「あっ、しまった。警察官どうしもあんまり接触しないほうがいいんだよな」

急いでクロスケにリードをつけ、エサや水の器、犬用のトイレにドッグフード、毛布などをかき集めて、パトカーのトランクに積み込んだ。クロスケは助手席に座らせるつもりだ。

「それじゃ、行くわ」

「よろしくお願いします。もう、先方には今日いくこと連絡しましたから」

「そうか、助かる」

富山は、どこかほっとした様子だった。

ひょっとすると、富山と宮坂先輩はクロスケをもてあましていたのかもしれない。大型犬だし、トイレや散歩も扱いを知らなければめんどうだ。

車のドアを開けてやると、自分でいそいそと助手席のシートにのぼってダッシュボードに前肢をかけたクロスケの様子が、いかにも嬉《うれ》しそうだった。これから行く場所がどこか、気がついているかのようだ。運転席に乗り込むと、こちらを見て大きな口を開けて笑顔を見せた。

いい犬だ。飼い主に可愛がられてきたのがよくわかる。

エンジンをかける前に、耳の後ろを掻いてやった。満足そうなクロスケに、藤田家にあったエサの袋から、おやつの犬用ビスケットを選んで与えた。二十分くらいで着くと思うが、しばらくおとなしくしてもらわなければ。

パトカーには警察無線がついている。ふだんなら、一一〇番通報を受けたので現場に急行せよとか、犯人の逃走経路とか、殺伐《さつばつ》とした内容が飛び交っているが、今日は静かだ。

藤田寿郎の妻子が住む、隣の市まで車を走らせた。

道路はすいている。たまに、通販などの配送車が走っている。自動運転だ。遠隔操作で今も稼働している工場から製品を積んだトラックが、配送センターに向かうのに出会うこともある。

だが、人間の姿はほとんど見ない。見かけるのは、犬を散歩させる人だけだ。《繭》に入っているだけ。わかっていても、世界の終末みたいで、どうかした拍子にふっと光が翳《かげ》ったような気分になる。

「子どものころ、家にブル・テリアがいたんだ。大福《だいふく》って名前でさ」

赤信号で停まるたびに、クロスケの頭を撫でた。温かくてやわらかくて、むしょうに撫でたくなった。

「ブル・テリアってわかる？　ブルドッグとテリアを交配させたんだって。大福はほぼ全身が白い仔《こ》だけど、片目のまわりだけ黒くってさ。顔が縦に長くって大きめなのに、目が豆つぶみたいにちっこいんだ。見ただけで笑っちゃうくらいユーモラスで」

見ただけで笑うなんて、相手が犬でも失礼だろうか。クロスケはときどきこちらを見て、穏やかに舌を出している。

「それでさ、いっぱい大福の絵を描いたよ。可愛かったなあ」

クロスケが相槌《あいづち》をうつように、ハッハッと熱い息を吐いた。

犬を乗せているし、道がすいているので、一般道をゆっくり二十分も走ると、藤田の妻に教えられた番地に近づいていた。

「もうすぐ新しい家だなあ、クロスケ。良かったな、家族に会えるぞ」

見えてきたのは、クリーム色のマンションだった。

大型犬を引き取ると言ったので、戸建てだと思っていた。ちょっと驚く。

パトカーを停め、クロスケを連れてエントランスに向かう。マンションの前に設置された銀色の板に、インターフォンがついている。

「七曜駅前交番のものです。犬を連れてきました」

応答してくれた女性に告げると、しばらくしてマンションの玄関扉が開いた。

「クロスケ！」

ゆるいうねりのある髪を結わえた女性が現れ、まっさきにクロスケを見て表情をゆるめた。スキニージーンズにサンダルをつっかけている。

クロスケが、オンと吠えてしっぽをはげしく振り、女性の足に頭をすりつける。

「わざわざ連れてきてくださったんですね。ありがとうございます。藤田の妻です」

「このたびは、ご愁傷様です。突然のことで驚かれたと思いますが」

挨拶《あいさつ》するあいだも、クロスケはようやく家族に会えた喜びを全身で表現している。このぶんなら、犬を引き渡しても大丈夫そうだ。

「勝手ですが、藤田さんの家からこの子のエサ皿やトイレなどを持ってきたんです。消毒もしてあります」

パトカーのトランクからあれこれ出し、彼女に渡した。

「まあ、何からなにまでありがとうございます。助かります」

「毛布もどうぞ。とはいっても、クロスケはあまりこの毛布が好きじゃないのか、敷いても使ってくれなかったですけどね」

「私たちがいたころは、毛布なんて使ってませんでしたから、新しいのを買って、まだ慣れてないのかもしれませんね。そのうち慣れるでしょうけど」

そう言いながら毛布を受け取り、彼女は小首をかしげた。

「あら。この毛、クロスケのじゃないですね。ほかの犬の毛じゃないかな」

毛布からつまみあげたのは、彼女の小指くらいの長さの、白い毛だった。彼女にことわり、その毛を受け取る。人間の髪などではない。動物の毛だ。

「藤田さんのお宅にいたのは、クロスケだけでしたが」

とまどいながら答える。べつにかまわない、と言いたげに彼女は手を振った。

受け取った白い毛は、なんとなく紙に包んでポケットに入れた。

「――ご遺体の引き取りについて、何か連絡がありましたか」

「いいえ、まだ。引き取るための準備ができれば、連絡をくださるそうですけどね。夫がアレに感染していて、それで亡くなったとは聞いたんです。ということは、事件ではないんですね。玄関の鍵が開いていたと聞きましたけど」

「藤田さんが亡くなったのは、まちがいなく病気だそうです。玄関が開いていたのは、おそらく藤田さんご自身が救急車を呼ぶ前に、オートロックで鍵が閉まらないようにされたんではないかと思いますが」

「ああ、そういうことですか」

彼女が軽く唇をかみ、うなずいた。

「どうかされたんですか」

「――いいえ。ただ、私たちが一緒にいれば、早めに医師の診察を受けさせて、今でも生きていたかもしれないと思って。子どもみたいに、病院嫌いな人で」

「一年前から別居されていたんでしたっけ」

「そうです。ちょうどそのくらい」

「失礼ですが、もしよければ別居の理由をうかがってもよろしいですか」

犬を届けにきた警察官に、いきなりそんなことを聞かれても当惑するだろう。そう思ったが、彼女は苦い笑みを浮かべた。

「浮気したんですよ、夫が」

それで、と彼女は続けた。

「急死して、鍵が開いていたと聞いたときには、てっきり相手の女性に殺されたんじゃないかと思って」

「トラブルでもあったんですか」

彼女はまた唇をかみ、それから笑った。

「――いいえ。強いて言うなら、願望かな。悪い女に引っかかって、ひどい目にあえばいいいのに。そういう気持ちですね」

なんとも答えにくい。藤田寿郎はまちがいなく病死だ。だが、念のために寿郎の浮気相手について、彼女が知るかぎりのことを尋ねた。

「隠していたので、結局よくわからないんです。名前はノゾミだったと思います。家は近くだったはずですよ」

藤田家の近所に住んでいた、ノゾミさん。

いちおうメモを取り、クロスケのリードを彼女に渡す。

「どうぞ。可愛がってやってください」

「うちで飼いたいけど、《繭》が明けたら引き取ってくれる人を探すつもりです。ご覧のとおりのマンションなので、大型犬は飼えなくて。クロスケ、いい仔なんですけど」

――飼ってくれないのか。

彼女の足元で幸せそうにしているクロスケを見やり、しかたなく頭を撫でてやった。

犬用グッズをすべて引き渡し、空っぽになったパトカーに乗りこみ、七曜市に戻るためUターンする。背後で藤田の妻と並んで、クロスケがお座りをして見送ってくれた。

パトカーを署に返却し、歩いて官舎に戻ると、犬の引き渡しがぶじ終了したことを交番の富山に報告した。

一件落着だ。

頭を撫でてやったときの、クロスケの毛並みの手触りが、いつまでも手のひらに残った。

『良かったな、アキオ。《繭》の四週間のうち、もう三日が過ぎたぞ』

交番から迎えにきた咲良が、大きな顔をしていばった。

「『まだ三日』のまちがいだろう」

『ここ数十年の歴史で、《繭》が四週間を超えたことは二回しかない。今回もおそらく、それ以内で解除されるって。そしたら、三日といえば一割達成だ』

咲良は楽観的だ。

警察官の性格にあわせて調整された電子脳だというが、その意味はよくわからない。昨日、富山に仕えていたミンは、ごろごろと喉を鳴らしながら甘えていた。ああいうのがいいとは思わないが、もう少し素直な相棒でもいいと思う。

二回めの勤務は、この二日間の管区情報の確認から始まった。宮坂と富山の報告書を咲良が的確にまとめて教えてくれたが、自分でもじっくり報告書を読んだ。

特に大きな事件は起きていない。

一昨日《おととい》は、通販サイトの無人配送車が二台、交差点で接触事故を起こした。一台はほぼ無傷だったが、もう一台がライトを破損し、安全のため走行を停止したので、警察が呼ばれたようだ。通販サイトのトラブルシューターが来て、夜には配送車を引き上げていった。

自動運転の配送車が正常に走っているあいだは人間の出番はないが、事故などイレギュラーなケースに対応するのは人間だ。

昨日は、午後二時と決められている犬の散歩を忘れていて、四時を過ぎたのにこっそり散歩させていた男が、富山に見つかり罰金刑を科された。このていどの罪で初犯なら、逮捕はしない。二度、三度と繰り返せば、逮捕の可能性もある。

管内の感染者数は、二日あわせて十五人。まだしばらくは、おさまりそうにない。

『クロスケは喜んでたか？』

咲良が尋ねる。こういうことを質問するあたりが、「相棒の性格にあわせた」とされるゆえんなのだろうか。

「喜んでたけど、あそこのうちでは飼えないらしいよ。大型犬は禁止のマンションなんだって」

『なんだ。引き取るっていうから、てっきり』

咲良が不満そうにうつむく。

「《繭》が明けたら、新しい飼い主を探すそうだ。しかたがないさ、マンションの規約なんだから。それより、さっさとパトロール行くからな」

『なんだよアキオ。おまえ何か怒ってる？』

「べつに」

二日めの《繭》勤務は、なにごともなく終わればいいと思っている。

朝いちばんのパトロールに出かけてすぐ、なにか引っかかるものを見かけた。

「あの人——」

白い子犬を散歩させている女性がいる。女性と犬の両方に、見覚えがあった。クロスケが、白い犬に強く反応したのだ。

「前の勤務のときは、夜の九時ぐらいに散歩させてた犬だな」

『ああ、たしかにな。午前九時と午後九時の二回、散歩時間を申請している。あ、ちょっと待てよ』

咲良が首輪の情報を読み、そこからデータベースを検索している。検索するあいだ、目が緑色に輝いている。

『あの犬の名前、シロチャンっていうらしい。なるほどな。本来の飼い主が感染して隔離されたんだ。同じマンションに住んでいる友達が頼まれて、犬を預かったんだと。感心、感心。あの人はその、預かった友達のほうだ』

「本来の飼い主の名前は？」

『町家《まちや》希美《のぞみ》だと。おおっ！』

いきなり、驚いたような声を上げた。

『オレたち見かけてるぞ、町家希美を。ほら、前の勤務のとき、救急車で搬送される女の人を見たじゃないか。あれが本当の飼い主だったんだな』

「あの人か――」

それに、ノゾミという名前も、最近聞いた名前だ。

白い犬が、こちらを見た。咲良に気づいたようだ。なにかを探すように、立ち止まって周囲を見回している。

「どうしたの、シロチャン。もう少し先まで歩いていいよ」

女性が犬をうながし、先に歩かせようとしているが、犬は動かない。

「――そうか。わかったぞ」

『わかったって、何が？』

藤田邸の玄関の鍵は、開けっ放しになっていた。その理由が、いまようやく理解できた。

『頼まれてた遺伝子検査の件だけど』

監察医が、交番にビデオチャットをかけてきた。藤田寿郎の遺体を検死した医師だ。

「ありがとうございます。どうでしたか」

『君の言ったとおりだった。死んだ藤田寿郎さんの遺体から採取したウイルスと、入院中の町家希美さんから採取したウイルスは、同じ遺伝子型を持ってる』

「つまり、ざっくりした言い方をすれば、ふたりは同じウイルスに感染したってことですよね。どちらかがどちらかに感染させた可能性もある？」

『うん、可能性はある。アレは変異のスピードが速くて、どんどん新しい変異株が出てくるんだ。でも藤田さんと町家さんのはそっくり同じだった。発症した時期も近いし、ほぼ同時期に同じ場所でウイルスに感染したのかもね。だけど、それがどうかした？』

「いえ、なんでもないんです。ちょっと気になることがあって」

『こっちは忙しいんだから、そんなあいまいな仕事を押しつけないで』

医師は鼻を鳴らし、通話を終えた。

『なあなあ。いったい何がわかったんだ？』

咲良が好奇心を満面に浮かべ、交番の事務机のうえで伸び上がって尋ねた。電子脳やロボットにも、好奇心はあるのだろうか。それとも、これは「水瀬アキオの相棒」としてプログラミングされた、咲良の性質なのだろうか。

「藤田家の玄関が開いていた理由がわかったんだよ」

『本当か？　どうして開いていたんだ？』

「その前に聞くけど」

咲良に向き直ると、猫型ロボットが表情をあらためる。

「結果的にもし、《繭》のルール違反が見つかれば、対処方法は任せてくれるか」

『──オレさまはべつに、アキオのお目付け役ってわけじゃないぞ。アキオが警察官としてのルールから大きく逸脱してなければ、オレさまは何も言わないし、何もしない』

「それならいい。まず、整理するから聞いてほしい。藤田寿郎は、遺体が発見された日の午前七時ごろ、パジャマがわりのジャージ姿で亡くなった』

うんうんと咲良がうなずく。

「午後三時、交番の前を、藤田家の飼い犬、クロスケが一匹で走り抜けた。藤田家の玄関ドアにスリッパがはさまれ、オートロックがかかっていなかったからだ。クロスケが身体でドアを押すだけで開いた」

クロスケの散歩の時間は、午前九時と午後九時の二回と決められている。藤田が午前七時に亡くなったなら、クロスケは午前九時には散歩させてもらえなかったはずだ。

「藤田家の床には、毛布が敷かれていた。てっきりクロスケのものだと思ったけど、交番に持ってきてもクロスケは使おうとしなかったし、毛布には白い毛がついていた。つまり、クロスケの毛布じゃなかった」

『どういうことだ？　あの家にほかの犬がいたのか？』

「そうなんだ。もう一匹、白い犬がいたんだ」

『その犬はどこに行った？　先に玄関から逃げたのか？』

「クロスケが必死で近づこうとした、白い子犬がいただろう。シロチャンって午後九時、巡回のついでにクロスケを散歩させたとき、それまでおとなしかったのに、女性が連れた白い犬を見たときだけ、どういうわけかリードを思いきり引っ張りはじめた。

「あの女性はシロチャンに慣れてない感じだったけど、本来の飼い主じゃなかったからだ。本来の飼い主は町家希美さん、アレに感染して隔離され、犬を隣人に預けたんだ」

そして、藤田寿郎の妻によると、寿郎はノゾミという近所の女性と浮気をしていた。

咲良の目が緑色に輝いた。何か検索しているらしいが、よくわからなかったらしく首をかしげた。

『えーと。どういうことかよくわからん』

「急に《繭》が始まっただろ。夫婦や同棲しているカップルはいいけど、別々に住んでる恋人同士は、《繭》のあいだ会えなくなっちゃうんだ」

だから、同期の松永も恋人と同棲する許可を取ったと言っていた。

「藤田寿郎さんと希美さんは、《繭》入りをきっかけに、一緒に住むことにしたんだ。もともと近所に住んでいたから、希美さんが押しかけてきたのかも」

『そういう申請は出てないゾ』

「うん。だから、本来はルール違反だね。希美さんが勝手に外出したことになってしまうね、このケースだと」

咲良がようやく、得心したようにうなずく。

『人間ってやつは、決められたルールを違反するんだったな。覚えとかなきゃ』

「藤田さんのクロスケと、希美さんのシロチャンは、二匹とも午前九時と午後九時に散歩させると申請されていた」

『そうか、一緒に散歩させられるからだな』

「で、当日の午前七時に、藤田さんが二階の書斎で倒れて亡くなった。ここは想像でしかないけど、希美さんは彼が倒れたことにしばらく気づかなかったんだろう」

『どうして？』

「気づいたときに息があったら、救急車を呼ぶだろ？」

彼女が気づいたとき、藤田寿郎はすでに亡くなっていた。冷たくなっていたかもしれない。驚いただろうし、衝撃を受けて悲しんだかもしれないが、ひとつ大きな問題があった。

彼女は違法行為を働いていたのだ。

「藤田家に転がり込んだとき、違法行為なんて難しいことは考えてなかったと思うんだ、たぶん。《繭》のあいだ、恋人と内緒でいちゃつきたかっただけだよね。だけど、藤田さんが急死してしまった。いるはずのない自分が、藤田家にいるのはまずい」

『だから、こっそり出たんだな？』

咲良が勢い込んだ。

「うん。午前九時から九時半のあいだに、シロチャンを連れて出たんだ。外出を許可された時間帯に、犬の散歩のような顔をしてさ。藤田さんの家から彼女の自宅マンションまで、二ブロックもないから問題なく行けるんだ。それに、彼女が救急車で運ばれたのは、その日の午後だ。藤田邸を出るころにはもう、気分が悪くなっていたかもな」

シロチャン用のエサや水のトレイなども持って行ったはずだ。毛布は忘れたか、荷物が多くなるので残していった。ほかにも、自分用のものを持ち込んでいれば、持ち帰って痕跡を消したかもしれない。歯ブラシとか。

もし、外にいるところを誰かに見られても、犬の散歩ですと言えば問題はない。

『藤田さんが死んだことを通報はしなかったんだな』

「通報しない。だけど、そのまま放置して、藤田さんの遺体がたいへんなことになるのは避けたかった。だから、出るとき玄関のドアにスリッパをはさみ、オートロックがかからないようにした」

そして、一匹だけ残されたクロスケが、午後三時になってようやくドアが開いていることに気づいたのだ。

『藤田さんはエサや水を足してくれないし、散歩に連れていってくれないし――クロスケがどうにかして外に出ようとすることに賭けたんだな』

藤田寿郎と町家希美が感染していたウイルスの遺伝子を調べると、同じタイプだった。ふたりが感染したのは《繭》に入る前だろうが、それだけ一緒にいたということだ。

『おまえ、すっつっごいぞアキオ！』

咲良が興奮ぎみに目をピンクに染めた。

『天才じゃん。よく気づいたな、そんなこと』

「証拠はないよ。藤田邸に行って、指紋を採れば希美さんのが出るだろうけど、いつつい たものかまではわからないし。近所の防犯カメラを片っ端から調べれば、いま言ったとお りの行動がカメラに残っているかもしれないけど、確信はないしね」

『それじゃ――どうするんだ？』

「このまま、そっとしておく」

どのみち、希美はいま病院に隔離されている。病状はわからないが、救急車に乗り込む のを見かけたときは、そうとうしんどそうだった。そんなときに、自分の推理の真偽をた しかめる必要はない。

咲良の目が、ふたたび緑に輝いた。

『《繭》の期間に、勝手に外出して他人の家に侵入《しんにゅう》するのは、十年以下の懲役または百万 円以下の罰金だ。この場合、藤田寿郎の証言が取れないので、住居侵入罪ともみなされる おそれもある。寿郎の遺体を見て通報しなかったら、死体遺棄《いき》に問われるかもしれない。

――ホントに放置するのか？』

――本当に放置していいのか。

咲良が見上げている。

今まで考えなかったが、猫型ロボットに話したことは、警察官としての評価にも関わってくるのだろうか。上司や署長は、この会話を聞くことになるのだろうか。

「証拠もないのに、ことを荒だてる必要はないと思う。そもそも《繭》の外出禁止措置は、ウイルス拡散を防止するためのものだ。藤田さんと希美さんは《繭》の前から感染していたわけだから、ふたりが同じ家にいたとしても、あくまでも結果的には、感染を広めたことにはならないからな」

『――アキオがそう言うなら』

「町家希美さんが隔離から解放されて自宅に戻ったら、事情を聞いて、推理の『答え合わせ』をしてもいいけどね。おそらく正直に答えてくれないだろうし、聞くだけ無駄だよ」

『――証拠がないと逮捕できないしな』

咲良が、ようやく緊張を解いてうなずいた。

『それじゃ、交番の日報にこの件は載せないでいいんだな？』

「うん、書かないでおこう。どのみち、推理でしかないんだから」

『わかったよ。だけどアキオ、オレさまの記憶は消せない。わかってると思うけど、おまえが当番のあいだの「咲良」としての記憶は、見たこと聞いたこと、すべてがデータベースに残っている。それは覚えててくれよ』

咲良の目が、クールな銀色に戻っている。

ロボットの咲良は、忘れない。映像記憶としてすべてが保存される。まるでそれは、脅しのようにも聞こえた。

「もちろん、わかってるよ。それじゃお昼を食べて、次のパトロールに出ようか」

交番の隅にある冷蔵庫を開けると、前回とは中身も替わっていて、レンジで温めるだけのピラフやパスタも用意されていた。

『そいつはいいねえ』

咲良が事務机の上に寝そべり、前肢に顎を載せてのんびりつぶやく。

人類は感染症に対抗するため、《繭》の仕組みをつくりあげるほどテクノロジーを進歩させた。だが、これだけ技術が進歩しても、今でも人間は嘘《うそ》をつくしごまかすし、不倫や浮気をするし、都合が悪くなればさっさと逃げ出すのだ。

冷凍パスタをレンジに入れる。

『そいつは三分、温めるんだぜ』

咲良があくびをしながら、おせっかいな指示を出す。

「はいはい」

レンジのスタートボタンを押した。

第二話　止まらないビスケットと誰もいない工場

夜勤の仮眠中に、七曜駅前交番内でけたたましい警報が鳴った。

『侵入者検知報。七曜市桜《さくら》が丘《おか》二丁目、里山製菓《さとやませいか》工場において、防犯カメラが侵入者を検知した。ただちに確認せよ。くりかえす。侵入者検知報。……』

人工音声が警報を繰り返すなか、二十四時間ずっと目を覚ましている咲良が、ぴょんと仮眠室のベッドに飛び乗ってくる。

『おい！　起きてるかアキオ！』

「いま起きた！」

大至急、上着の袖《そで》に手を通す。拳銃や警棒も携帯する。

『オレさまについてこい！　案内する』

張り切った咲良が交番を飛び出していく。だが、里山製菓の工場なら、場所も敷地の内部もよく知っている。むしろ、このあたりの住人に、知らない者などいないだろう。

工場の門から建屋までの両側にアーモンドの木がずらりと並び、二月から三月にかけて、桜にそっくりなピンク色の可憐《かれん》な花をみっしりとつける。

花の季節の土日には、経営者の粋なはからいで誰でも敷地内に入ることができ、花見を楽しむ近隣の住民でいっぱいになるのだ。その期間だけ売店もオープンし、発売前の新商品の味見ができるから、楽しみにしている住民も多い。

例年どおりなら今まさにお花見の季節だが、ちょうど《繭》が始まってしまった。残念だが、今年のお花見はオンライン放送で楽しんでくれと、里山製菓の広報室が発表したところだった。

——その里山製菓に、侵入者。

先に助手席に飛び込んだ咲良を追って、転がるようにパトカーに乗り込み、スピードを上げる。午前二時なので緊急走行用のサイレンは使わず、真っ赤なパトランプだけ回した。そもそも《繭》の期間は、人の移動が制限されるので、走っている車両じたいが少ない。

ここ数日、七曜市では深夜の侵入者検知がたてつづけに発生している。

昨日は富山の当番で、駅前交番の管内にあるスーパーから侵入者検知報が入った。防犯カメラや赤外線探知機などで、だれもいない時間帯の店内を監視し、異常発生と判断すれば企業や工場の責任者にしらせるとともに、警察にも一一〇番通報がとぶ仕組みだ。通報をうけた通信指令室は、それを管内の警察署や交番に警報として流す。

その前には、駅前交番の管内ではないが、七曜市にある精密機械の工場や、缶詰工場にも侵入者があった。

残念なことに犯人はまだ見つかっていない。

「《繭》の最中に、なにやってんだ」

思わず悪態が口をつく。ついでに小さなあくびも。三十分前に仮眠に入ったばかりだったのだ。

『《繭》の最中だから、だろ』

咲良が助手席で足をふんばり、反応する。

「『だから』ってどういう意味？」

『《繭》システムに反対する連中なんだよ』

「えっ、こんな田舎《いなか》で？」

『どんな田舎でも関係ないって。染まるんだ。《繭》をつぶせ、ってスローガンを掲げて運動してる連中がいるじゃないか。熱っぽい感じでさ。あれを見て、かっこいいと勘違いするオッチョコチョイがいるんだよ』

昔、COVID-19ウイルスのパンデミックが発生したときは、驚異的なスピードでワクチン開発が実現したが、「反ワクチン」を標榜《ひょうぼう》する一部の人たちが、ワクチンの冷凍庫の電源プラグを抜いたりして妨害したそうだ。

そこまでする？　と歴史を勉強して呆《あき》れたけれど。

どんな時代でも、どんなに素晴らしい発明にも、反対する人はいる。逆に、全員がもろ手を挙《あ》げて賛成するものなんて、うさんくさいし危険なのかもしれない。

どんなときでも、「これ大丈夫?」と懐疑的になって、おそるおそる足を踏み出す慎重さが必要なのは、わかる。だがまあ、時と場合にもよるし、大丈夫だとわかったら大胆に足を踏み入れる勇気だって必要だ。

いま《繭》のシステムに反対する人々――「反《はん》《繭《まゆ》》」を名乗る人もけっこういる。

彼らはさまざまな理由を挙げる。

たとえば、《繭》システムを完成させるために工場の無人化がさらに進んだ。ロボットと人工知能と遠隔操作のゴールデントリオが、誰もいない工場で車、半導体、パソコン、缶詰、カップ麺、お菓子、なんでも作る。工業分野における、いわゆるブルーカラーと呼ばれた労働者は、その多くが姿を消した。

人間は、どこに行ってしまったのだろう?

たしかに一時期、企業が求める技能と労働者の技能がすれ違い、失業者が世にあふれたと聞く。

人工知能を搭載《とうさい》したロボットは、初期投資の巨大さにさえ目をつむれば、二十四時間働かせても文句を言わない。人工知能が発達し、ロボットにできる「単純労働」の範囲が飛《ひ》躍《やく》的に広がって、人間の仕事が奪《うば》われたというのだ。《繭》がそれに力を貸したと彼らは信じている。

もうひとつ、《繭》に閉じこもれる人と、そうでない一部の人がいることを理由に挙げる人もいる。階級差別だというのだ。

その昔、ゲーテッドコミュニティと呼ばれるマンションや住宅地が存在した。厳重に出入りを管理する「ゲート」を持ち、ゲートの外は危険だが中は安全だとうたった。《繭》は、それに似た香りがするという。

《繭》の中にいれば安全。外は危険。外にいる人々は敵とみなして排斥《はいせき》する。

――だが、《繭》の仕組みが開発され、わが国を含む多くの国家が採用して以来、新型ウイルスのパンデミックは、それらの国々ではほとんど発生しないか、初期段階で抑え込めるようになった。

『アキオ！　あの工場だ。通報のあった侵入者検知は、東側の窓のそばにある防犯カメラから発信されたものだな。窓が割れてるぞ』

咲良は、一一〇番通報の内容を整理して教えてくれる。無線で一一〇番システムとつなぎ、警察のデータベースから一瞬で情報を引き出すこともできる。

パトカーを敷地の外に停め、閉まった門の中を覗き込んだ。

工場内には、こうこうと照明がついている。

窓の外に灯《あか》りはない。裸眼《らがん》では見えなかったが、暗視《あんし》装置つきのゴーグルで観察すると、窓ガラスが一か所だけ割れ、窓が開いていることがわかった。窓の外にガラスの破片《はへん》は見えない。外から割ったのだ。

「咲良、工場をサーモカメラで確認して」

『OK』

咲良は、いろいろ特殊な機能を持っている。眼球に組み込まれたサーモカメラもそのひとつだ。建物を見ると、壁面の温度を見分けることができる。侵入者が扉や壁の近くにいれば、そこだけ赤く表示される。

『今のところ、特に変わった点はないな。工場の奥のほうに入ってしまえば、サーモじゃわからないし』

門を試してみたが、かんぬきがしっかりかかっている。犯人は門か塀を乗り越えていったのだろうか。

まわりの塀を観察してみたが、鋳物《いもの》の柵のようなもので、威圧感はないがとにかく高さがありすぎる。なんとか越えられそうなのは、門だけだ。

緊急通報があったので、警察官が門を乗り越えて敷地に入るのは問題ない。身軽によじのぼって門の向こうに下りた。

敷地に入ると、どこからともなく甘い香りがした。アーモンドの花の匂いだ。真っ暗で見えないが、アーモンド並木がきっと満開なのだ。

「咲良は、あの割れた窓から入ってみて」

『アキオは？』

「玄関を試してみる」

『了解！』

勢いこんで咲良が窓の下に駆けていく。

ロボットの咲良なら、髪の毛や皮膚片《ひふへん》を落として証拠を台無しにする恐れもない。二手に分かれたのは、もし犯人がまだ中にいれば、挟《はさ》み撃《う》ちにできるからだ。

「玄関の鍵は開いてる」

マイクにささやけば、咲良にも伝わる。報告書にもタイムスタンプとともに自動的に記入される。報告漏《も》れや警官による恣《し》意的な改ざんを防ぐためだ。

「これから中に入ってみる」

食品工場なので、建物の内部は衛生管理がいきとどいている。玄関を入ると受付があり、廊下の奥になぜか更衣室、そして「焼成室《しょうせい》」と札がかかった扉がある。ここできっと、菓子を焼くのだ。

「更衣室ってなんだろうな。今どきの工場に、従業員はほとんどいないはずだけど」

更衣室のドアノブに手をかけたが、鍵がかかっていて開かない。焼成室の扉は押しただけで開き、内側から甘い香りがぷんと漂ってきた。この工場は、里山製菓いちの人気商品、

「里山ビスケット」を作っている。その菓子と同じ香りだ。

食品工場なので、勝手に室内に入ったりはしない。焼成室の鍵が開いていたことだけ、記憶にとどめておこう。

扉の外から覗いてみると、工場は静かに稼働していた。

深夜二時すぎだが、小麦粉と砂糖、卵などの原材料を混ぜて練り、鳥やウサギなどの小動物、花や木の実などをデフォルメした型に落として焼き上げる生産ラインは動いている。焼き上がったビスケットがみごとに整列してベルトコンベアに載り、見慣れたプラスチックの袋に詰められて封《ふう》をされる。そのままどんどん段ボール箱におさまり、ロボットが段ボール箱をトラックの荷台に積み上げる。いっぱいになればトラックが走りだし、ロボットは次のトラックに荷物を積み始める。

人間がいなくても稼働する工場だ。

人の姿はないが、照明は一部ついているので、焼成室の外からでも、その一部始終を見ることができた。つい見入ってしまう魅力的な光景だ。

焼成室の奥には、原材料の小麦粉の袋を担《かつ》ぎ上げ、タンクに流し込むロボットアームが見えた。

『アキオ、この工場には誰もいない』

「窓から侵入して、玄関から出たんだな」

侵入者検知報を受け、パトカーで到着するまで五分。ドアの鍵を内側から開け、出ていく時間は充分あった。だが、犯人はまだ近くにいるかもしれない。

「咲良、パトカーに戻ろう。車で少し周辺を回ってみる。まだそのへんにいるかも」

『了解』

　また誰かに荒らされないよう、持ってきた鎖《くさり》と南京錠《なんきんじょう》で入り口を施錠し、走ってパトカーに向かった。

　工場以外なにもない場所だ。《繭》の期間でなくとも、このあたりを午前二時に出歩く人などいない。

「この時間帯に犬の散歩を申請してる人はいないよな？」

『おいおい、さすがにいねえよ！　《繭》の期間、犬の散歩は午前五時から午後十時までと決められているんだ』

「そうか」

　こんなに基本的な情報を失念していたことに驚く。ならば、いま外出している人間がいれば明らかに怪しいってことだ。

『アキオ、ちょっと黙れ』

　咲良の目が緑色に輝き、頭を低くして耳を地面につけた。しばらくその体勢でいたが、やがて起き直り首を振った。

『半径一キロ内で足音がしないか聞き耳を立ててみたが、静かだな』

「外を歩いている人は誰もいないんだな」

パトカーでゆっくり、桜が丘周辺を一丁目から五丁目までぐるぐる走ってみた。咲良はダッシュボードに尻を落ち着け、狛犬《こまいぬ》みたいに前方を睨んでいる。あの銀色の目は、月のない夜でもちょっとした動きを見逃さない。

『人の姿はないなあ』

「走って逃げたかな。あるいは、車かバイクを使った？」

『いや。それならオレさまの耳にエンジン音が届くだろう。徒歩だな』

「徒歩か――」

――ということは。

「『犯人は、工場の近くに住んでいる』」

ハモった。

咲良と同じ結論にたどりついたようだ。

「だけど、昨日の夜に侵入されたスーパーは、町の反対側だ。市内のほかの町でも侵入は起きているし」

『複数犯かもな』

いやだねえ、と言いながら咲良は身体をぶるっと震わせた。

「交番にもどって報告しよう。その前に、工場の玄関にシールを貼っておくよ」

これ以上、犯人を捜《さが》しても無駄のようだ。

いったん里山製菓の工場に戻り、玄関に「キープアウト」のシールを貼った。本来なら、鑑識が指紋や微物《びぶつ》などの証拠を採取するまで、誰かがここに立ち現場を守るべきだが、《繭》の期間は人手が足りない。

だいいち、誰も外をうろついていないはずなのだ。

「捜査は明日だな」

咲良が黙り込んだと思うと、目が緑色に輝きはじめた。

『工場の責任者からの通信だ。つなぐぞ』

『もしもし。里山製菓の井筒《いづつ》といいます』

か細い感じの、若い男性の声が咲良のスピーカーから流れだす。

『いま遠隔で、工場内のカメラを確認しました。侵入者の姿が映っています』

「本当ですか」

それはありがたい。

『今からそちらに行って、カメラのデータをお渡ししたいんですが、《繭》からの外出許可をいただけませんか』

「データだけ、送ってもらうことはできますか」

『それでもいいんですが』

井筒が微妙に言いよどむ。

『実は、侵入者が工場の設備に触れたようなので、いったん機械を止めて消毒したくて』

「これからですか」

《繭》の期間は原則として外出禁止だが、犯罪が発生し、現場検証をお願いするケースもある。井筒は、それを利用して工場の消毒もやってしまいたいのだろう。

「ですが、鑑識が捜査を終えるまでは、現場に手を触れていただくことはできませんよ」

『えっ、消毒もできないんですか』

「消毒はぜったいできないですね。指紋があっても消えてしまいますから」

『うーん。だけど、とりあえずいま動いている機械だけでも止めておかないと』

井筒は引かない。

「遠隔では止められないのですか」

『遠隔でも緊急停止はできますが――やはり現地で操作するほうがいいので』

もごもごと口の中で理屈を述べている。

咲良に井筒の外出許可を申請させると、侵入者検知報の直後だけにすぐ許可が下りた。

『近いので、すぐに行きます』

『午前二時だってのに、仕事熱心な人だな』

通信を切ると、咲良があきれたように言った。

「近いってどのくらい近いんだろう」

『すぐって言ったぞ』

そう咲良と言い交わしていると、門の外から「あのう」と、か細い声が聞こえてきた。こちらを見ている背の高い影が、おずおずと頭を下げた。まだ夜は冷えこむので、寒そうにふるえている。

「井筒です」

――本当にすぐだ。

「早かったですね」

「すぐ近くに従業員用のマンションがあるんです。入っていいでしょうか、ここ」

「ちょっと待ってください。身分証明書か何かお持ちですか」

近づくと、影は三十歳にもならなそうな青年だった。懐中電灯の光で見れば、気の弱そうなおっとりした男で、身分証明書とともに門扉の通用口の鍵を持っており、確認するとすぐ鍵を開けて敷地に入ってきた。

「外出許可、ありがとうございました」

青年はマスクをしっかりつけている。

「こんな夜中に大変ですね。こちらは明日でも良かったんですが」

「カメラの映像を上司にも見せたところ、びっくりしたみたいで。できればすぐ行ってほしいと言われまして」

「井筒さんは工場の管理職なんですか」

「いえ、ただの下っ端ですよ」

はにかむように笑っている。

まぶしげにこちらを見て、照れ笑いをするので、何かと思って尋ねた。

「僕、会社の寮にひとり暮らしですから、誰かとこうして直接会うの、久しぶりで」

《繭》が始まって一週間を超えた。上番している警察官は人に接する機会があるので、言われるまで《繭》の感覚を忘れていた。

犯人の遺《い》留物《りゅうぶつ》があるかもしれないので、靴にカバーを履かせ、ドアノブに素手で触らないよう注意して入ってもらう。

工場の玄関をくぐると、こんどは井筒がてきぱきと指示した。

「念のために、これを着用してください。衛生管理のための、うちの規則なんです」

彼が差し出したのは、膝まですっぽり覆う白いエプロンと、髪を隠す白い帽子だった。

「髪の毛が落ちたり、着衣についたホコリが食品に入ったりすると大変ですから」

たしかにその通りだ。「更衣室」という部屋には、天井から強い風を吹きつける機械があり、その下を通るよう言われた。

「ここで着衣のゴミを飛ばすんです」

「なるほど」

ようやく井筒の案内で、「焼成室」と書かれた、生産設備のある部屋に入る。

「広い工場ですね」

「ええ。ほとんど機械とコンピューターで製品を作りますから、ここで働く人間は数えるほどしかいないんですけどね」

井筒は工場内部をずんずん奥に進んでいく。

「先に、機械を停止します」

「いい匂いだな」

つぶやくと、井筒が振り向いて目を細めた。

「そうでしょう。焼きたてのビスケット、すごくいい香りなんです。一枚、食べてみます？」

井筒はまだ稼働しているベルトコンベアからビスケットをつまみ、マスクを下げて自分の口に入れた。

「――うん。この味、この香り」

うっとり目じりを下げ、心から満足を感じたように口元はだらしなく緩み、ただのビスケットではなく、王侯貴族の菓子でも口にしたようだ。

——おいおい。食べてみます？　って聞いといて、自分で食ったぞこの人。

警察官がびっくりして見ているのに気づいたらしく、あわてて手を振った。

「すみません、失礼しました。《繭》の期間はこれを味わうことができなくて、寂しい思いをしていたから」

工場に来る許可をくれといったのも、ひょっとするとビスケットの味見が恋しくなったからなのだろうか。まさかね。

「いつも味見を？」

「はい。僕たち、完成品を味見するのが主な仕事なんです。面白いでしょう。ほかは何でも機械ができますけど、できあがったビスケットが美味《おい》しいかどうかは、人間が食べてみなくちゃわからない。オーナーがそう言うんです。そうでなければ、人間の従業員なんて、ひとりも必要ないかもしれませんね」

——里山製菓のオーナー、面白い人だな。

近ごろの食品メーカーは、材料が同じで、できあがったものを分析機にかけて組成《そせい》が同じなら同じ製品だと考え、人間を介在《かいざい》させない企業も多いと何かで読んだ。

理屈としてはそれで正しいのだろうが、味気ない気分がしたのを覚えている。

コンベアからビスケットを取って食べていいと言われたが、遠慮した。焼きたての里山ビスケットに心は動いたけれども、仕事中だ。ビスケットを断ると、井筒が心なしか寂しそうな顔になった。

「《繭》のあいだ、ここには誰もいないんですか」

「はい。コンピューターとロボットがすべてやってくれます。あとは遠隔操作で、自宅から製品の様子をモニタリングしたり、機器の設定を調整したりすることもあります。機械が故障して停止しないかぎり、人間が来る必要はないです」

井筒は歩きながら棚を覗いたり機械を触ったりし続け、やがてこちらを振り返った。

「機械や製品、原材料の在庫を見るかぎり、盗《と》られたり壊されたりしたものはないです」

そこで井筒の表情が曇《くも》った。

「でも、侵入者はこの焼成室にも入りましたからね。その時間帯の製品は廃棄《はいき》します。犯人が何をしたかわかりませんし」

侵入が検知されて通報があり、パトカーが到着するまで五分ほどだ。だが、そのあいだに犯人が生産ラインにどんな悪さをしたかわからない。

ふと、井筒が唇を噛んだ。

「製品だけじゃだめだ。原材料のタンクに何か入れられた可能性もあるな――」

巨大なタンクに、ロボットアームが小麦粉などの原材料を入れ、かき混ぜている。それを悔《くや》しそうに見上げていた井筒は、すぐ操作盤に向かい、慣れた様子でボタンを押した。

それまでも、さほどうるさくない工場内だったが、井筒がボタンを押すと順に機械が止まり、ついにはすべて静まりかえった。

「いったん生産ラインを止めました。カメラの映像をもう一度見て、侵入者がどのあたりまで近づいたのか確認します」

「工場の中にカメラがあるんですね」

「本来は、機械の故障や不具合を、遠隔で調査するためのものなんです。今日みたいに防犯カメラの代わりにもなりますけど」

「私にも見せていただけますか」

「いいですよ。どうぞ」

井筒のあとに続いて、焼成室を出て事務室に入った。

「ここのパソコンで映像を見られますから」

彼は工場内のすべてを熟知しているようで、慣れた手つきでパソコンのキーボードを叩《たた》き、侵入検知のあった時刻の映像を呼び出した。

「――これですね」

モニターに、四分割された画面が映っている。工場内を四つの角度から撮影し、死角を減らしているのだ。なかのひとつで、人影が動いている。窓ガラスを割り、窓を開けて工場に入り込むと、しばらく様子を窺《うかが》うようにじっとしていたが、やがて生産ラインのほうに歩いていって、別の画面に現れた。

「やっぱり、ベルトコンベアのそばまで近づいているな」

井筒が悔しげに唸った。

「だけど良かった。材料タンクに近づく時間はなかった」

人影は、ベルトコンベアに近づくと、流れてきたビスケットをいくつかつまみ、口に入れたようだ。

ようだというのは、侵入者の顔回りがちゃんと撮影できてないからだ。光を乱反射する目出し帽のようなものをかぶっていて、散乱する光で目や口もよく見えない。

身長は窓の高さや機械との比較で、およそ百七十五センチ。痩せぎみに見えるのは、黒いTシャツがふたまわりビッグサイズでだぶついているせいだ。黒いスキニージーンズを穿《は》き、手にも黒い手袋をはめていた。忍者みたいな黒ずくめだ。

侵入者はしばらくビスケットをつまんでいたが、それで目的を果たしたのか、まっすぐ焼成室の出口に向かい、映像から消えた。

「犯人も、焼きたての里山ビスケットが好きらしいですね」

思わずつぶやくと、井筒は複雑な表情で画面をじっと見つめたままだった。

「この映像を、警察に提供願えますか。証拠になりますから」

「もちろんです。データを転送します」

井筒は遅滞なくデータ転送の準備を整え、事務室を出た。

「これからどうするんですか」

「その時間帯に生産ライン上にあった仕掛品《しかかりひん》や製品を廃棄します」

「全部、捨てるんですか？」

驚いて聞き返した。工場に入ったときに嗅いだ、甘い香りを思い出す。なんと、もったいない。

「はい。侵入者が新型ウイルスに感染している可能性もゼロとは言えません。食品工場ですから、衛生には神経質なくらい注意を払っているんです。映像を見るとベルトコンベアに触れていますから、消毒もしないと。でも、鑑識が終わるまで、触っちゃだめなんですよね」

井筒は深いため息をついた。

「はい。申し訳ないですけど、まだ触らないでください。朝には鑑識が来ます。彼らがいいと言うまで、廃棄処分もダメです」

「消毒が終わらないと、生産ラインを再稼働できないんですよね」

井筒はがっかりしたようだ。

《繭》にこもっていたのに深夜の二時に呼び出されたうえ、朝には鑑識の作業が終わるのを待って、ひとりで工場の消毒をして、製品や仕掛品を捨てなければならないとは、彼こそがいちばんの被害者だ。

「犯人はなぜこんなことをしたんでしょう」

「わかりません。捕まえてみないと」

「ぜったいに捕まえてくださいね。犯人は面白半分かもしれませんが、こうして製品を作り続ける工場があるから、《繭》のあいだも社会が回るんです。生産活動が止まれば、世の中どうなると思います？」

井筒が熱っぽく語った。彼に鍵をかけてもらい、パトカーで工場を離れた。

《繭》のシステムが、たった四週間とはいえうまく回るのは、彼が言った通り、人間がその場にいなくとも仕事ができる環境が整っているからだ。

『なあ、ビスケットの味見が主な仕事って、なんかいいよな』

咲良がパトカーの助手席に丸くなり、なんだかうらやましそうに言った。そういうとき、咲良はちょっぴり、人間みたいだ。

松永のサービスが、鋭いカーブを描いてこちらのコートに突き刺さる。

「うわっ！　いま曲がった！」

『見たかよ！　むちゃくちゃ練習したぞ、ウルトラバイオレットアブノーマルスピン！』

「なんだよそれ！」

ラケットを握ったままガッツポーズをする松永の珍妙《ちんみょう》なネーミングセンスに、思わず笑ってしまう。

《繭》のあいだ、同期の松永は非番だ。四週間にもわたる《繭》は、ちょっとした休暇のようだと言っていた。彼女と同居も始めたことだし、幸せいっぱいの四週間だろう。

《羽衣》に接続している水中メガネみたいなゴーグルを外すと、目の前の世界が卓球台からいっきに現実にもどる。ひとり暮らしなら狭くはないが、1LDKの官舎だ。もちろん、現実の卓球台はない。ゴーグルをかけているときだけ、現実を拡張してくれるのだ。

松永とプレイしていたのは、3D卓球ゲームだった。通信回線の向こうで、松永もいまゴーグルを外しているだろう。

ラケットも無線でつながっている。プレイヤーの動きを感知し、握りかた、手首の角度、腕の振り、強さや速さなど、さまざまな情報をセンサーでとらえてボールの動きを計算する。ボールが当たった感触もするし、音も聞こえる。ゲームのあいだは、自分が六畳間の壁に向かってラケットを振り回していることなど、忘れてしまっていた。

《繭》のあいだ、同居している家族以外には会えないので、現実を拡張するゲームや、すぐそばにいる誰かと話しているかのような《羽衣》の3Dチャットが大流行している。

ずっと自宅にこもっている人たちは、運動不足になりがちだ。たった四週間とはいえ、高齢者はただでさえ足腰が弱りやすい。気がついたらフレイルという状態に陥《おちい》っていたりするかもしれない。

それで、みんなが「現実そっくり」と呼ぶ《羽衣》を使って、3Dチャットや、3Dゲームをするのが大人気なのだ。

『《繭》に入ると、めちゃめちゃ時間が余るぞ。卓球うまくなるわけだわ』

ビデオチャットにもどり、パソコンのディスプレイにおさまった松永がぼやいている。

「昇任試験の勉強をすればいいだろ。《繭》が終わったら勤務時間が増えるんだから、今のうちに楽しんでおかなくちゃ」

人間ってのは、どんなときでも「隣の芝は青く」見えるものらしい。ないものねだりで、他人がうらやましいのだ。

「卓球のほかは何してるんだ」

『《羽衣》で旅行V《ブイ》や環境Vを見てるなあ。沖縄の海辺とかさ』

「それいいなあ」

『4D対応なんで、潮の香に包まれるわけよ。めっちゃよくできてたぞ』

いまどきのVは、自分がその場にいるようなリアルさで、さまざまな場所を見せてくれる。

COVID-19のパンデミックまでは、海外旅行もそれほど難しくなかったらしいけど、それからいくつかの新型ウイルスを経験し、人類はひとつ覚えた。

生身の人間が移動するから、ウイルスも移動するのだ。

通信環境があるではないか。遺跡や、美術品や、歴史的建築物などをじかに見たいという気持ちは当然あるが、全員が見る必要はない。研究者など必要な人だけが旅行を許可され――それから世界のトップ数パーセントを占める超富裕層も――それ以外の人々はVでリアルに再現された観光地を楽しめばよい。そうやって、生身の旅行のハードルはどんどん上がってきた。

『水瀬のほうは、仕事は忙しいのか？　非番の俺たちにも、そろそろ緊急招集がかからないかなあ』

「どうだろうな。いま、市内で夜間に侵入検知が多発してる。工場やスーパーみたいな、《繭》のあいだ無人になる建物に侵入するんだけど」

『ニュースを見たよ。何が目的なんだ？　ほとんど物も盗られてないんだろ？』

「咲良は、反《繭》の活動家じゃないかって」

『警察ロボがそう言うなら、データを分析したんだな。なあ、もしこのまま侵入検知が続いてさ、非番の人間を招集しようって話が出たら、俺を推薦しといてよ』

松永がそう言ったとたん、画面の向こうで彼を呼ぶ女の人の声がした。

『はーい、すぐ行く。今日の昼飯なに？』

タコライスをどうしたこうしたと言う声が聞こえて、松永はこちらを振り向くとあわてた調子で、『もう行かなきゃ。じゃあな』と急いで通信を切った。

「――なんだよ。結局、彼女といちゃついてるんじゃん」

苦笑いした。

万がいち緊急招集がかかれば、感染拡大を防ぐため、その後は《繭》が終わるまで自宅に戻れなくなる。ちょうど、今日も交番に詰めている宮坂が、《繭》の期間は家族の待つ自宅に帰れず、警察署の仮眠室に寝泊まりしているのと同じだ。そうなったら、せっかく同居した松永の彼女は怒るだろう。

冷凍庫にレンジで温めるだけのパスタがあったので、それを昼食にした。《繭》はおそらく四週間ほどで明けるだろう。そのくらいの日数、楽に暮らせるだけの保存食を用意している。それに、三日に一回は交番で食料を調達できる。余裕たっぷりだ。

ネットニュースを見てみると、世界中でいま、新型感染症が猛威をふるっていることがわかる。日本をはじめ、《繭》システムを採用した国々は、次々に《繭》入りした。《繭》を採用していない国々では、感染者の隔離やマスク、ワクチン開発などでしのごうとしているが、特効薬がまだ見つからないため、感染者数は増加と減少の激しい波を繰り返し、ちょっと気を抜けば感染爆発を起こして医療崩壊という、無理と無駄な戦いを続けている。

アレは感染力も強いが、毒性も強くて死亡率が異様に高い。そういった国々では、恐ろしいほどの数の人々が亡くなり、お墓が足りなくて埋葬できず、ひとまず冷凍倉庫に遺体を保管するなどという、あわれすぎる報道も流れてくる。

彼らも《繭》に入ればいいのにと思うが、国民性の違いだろうか。どうしても《繭》は嫌だという国も多いようだ。米国では、国の中で対応がきれいにふたつに分かれた。沿岸部の州は《繭》を採用したが、中西部の州は採用しなかったのだ。

パソコンに交番から着信があった。

「モニターつけて」

パスタを食べながら声で指示すると、画面にインスタント麺をすする宮坂が映った。宮坂の警察ロボ《ニクマル》は、麺のカップに鼻づらをつけて覗き込み、隙あらば味見しようとしているみたいなポーズをとっている。

ニクマルも咲良と同じ筐体だが、咲良をひとことで言うなら「やんちゃ」で、ニクマルは「好奇心旺盛な食いしん坊」ってところだろうか。

『よう、水瀬。報告を読んだけど、昨日も侵入検知があったって?』

仕事の話っぽいが、宮坂はおそらくたいくつなのだ。誰かと話したくなると、こうして電話をしてくる。

「そうなんです。一昨日はスーパーで侵入検知があったんですよね」

『うん。スーパーの鑑識は昨日終わった。里山製菓の工場のほうも、今朝のうちに鑑識が現場に出たよ。報告はもう読めると思う』

興味も手伝い、すぐ開いてみた。

「指紋なし、足跡なし、DNAもなしですか」

『そうだ。唯一の証拠が、水瀬も確認したカメラの映像だ。だが、目出し帽をかぶっているせいで、顔は撮影できていない』

「犯人は科学捜査にも詳しいみたいですね」

思いついて、富山が対応したスーパーの侵入事件の鑑識報告を読んでみた。そちらも指紋や足跡はないが、レジを荒らした際に防犯カメラにマスクをつけた顔をしっかり撮影されている。服装が黒ずくめなのは里山製菓の事件と同じだが、これなら人物を特定できそうだ。

「――これ、ホントに同じ犯人ですかね？」

『どうかな。顔がわかっているから、スーパーの事件はわりあいあっさり片づきそうだが』

「昨日の工場の件、咲良が犯人は徒歩だというんです。僕らの到着が事件発生の直後だったので、乗り物があれば音でわかったはずだと。スーパーのほうはどうでしたか」

反応したのはニクマルだった。咲良と同じ筐体なのに、はるかにふてぶてしい優等生みたいなツンとした表情で、顎を上げる。

『これは富山巡査のパートナーであるミンからの情報ですが、侵入検知報のあったスーパーまで、交番からパトカーを飛ばしても七分かかりました。侵入検知から十分です。すでに犯人は立ち去った後で、残念ながら犯人の移動手段まではわかりかねます』

「そっか――」

咲良がこういうタイプの警察ロボでなくて良かった。だが、宮坂はこっちのほうと気が合うわけだから、人間の好みとは不思議なものだ。

『それでな、水瀬。上から指示があったんだ。非番なのに気の毒だが、引き続き里山製菓の侵入事件を捜査してくれないか』

「僕がですか？　本部の刑事さんたちは」

交番にいる自分たちは地域課の警察官だ。侵入盗難事件なら、警察本部の刑事課が出てくるべきだろう。

『本部も最小の要員で回しているからな。《繭》入りから一週間ちょっと経《た》ち、そろそろ家庭内暴力で傷害事件が起きたりしてるそうだ。手が足りないから、俺たちも侵入事件を手伝えとさ』

宮坂が嬉しそうなのは、刑事課への異動を希望しているからだ。ここで本部の刑事に顔を売っておけば、欠員が出たときに呼んでもらえるかもしれない。

それよりも、たった一週間と少しなのに、家庭内暴力が起きることのほうが衝撃だった。

「どうせヒマですから、いいですよ」

『そうか？　良かった。それじゃ、里山製菓に連絡して、話を聞いてくれないかな。鑑識の報告にもあったが、犯人は工場の内部をよく知っているようだ。窓ガラスを割って入り、最短距離でベルトコンベアに近づいてビスケットを食べ、すぐ外に出ている。元従業員じゃないかとの疑いもある』

──元従業員か。

宮坂から里山製菓の責任者の連絡先が送られてきた。

『そこに電話すればいいそうだ』

「里山翔《しよう》さん──ですか」

『社長だよ。創業者一族だとさ。水瀬なら問題ないと思うけど、失礼のないようにな』

生まれてこのかた、「社長」にはとんと縁がない。『じゃあ、よろしくな』と、宮坂がそそくさと通信を切ったので、状況が読めた。

──社長対応を押しつけられた。

お人よしにもほどがある。

ふと、里山という名前を見て、もう一度、里山製菓事件の鑑識の報告書を開いた。

報告書を作成した鑑識課員の名前も、里山だ。里山トウリという署名が記入されている。

スーパーのほうを確認すると、そちらもやはり里山トウリと署名されていた。

いま、七曜駅前交番の管内で発生する事件の鑑識を担当しているのは、里山トウリ氏だけなのかもしれない。

食べ終えたパスタの皿を片づけると、電話をかけた。

『里山です。あなたが昨日の当直だった警察の人ですね。昨夜は遅くに対応していただき、ありがとうございました』

ビデオチャットの画面に映ったのは、七十歳前後の白髪の男性だ。若々しいが、髪が真っ白なのは色を抜いたのかもしれない。会社社長たちのあいだで、自分を年上に見せるのが流行《はや》りだと、この前なにかの記事で言っていた。

「こちらこそ、昨夜はわざわざ井筒さんが出てこられて、カメラのデータを見せてくれました。助かりました」

『井筒君が、そうでしたか。彼は仕事熱心でね。いい若者です』

里山社長は、純白に輝く背景のなかにいる。白いシャツのせいもあって、神々《こうごう》しいくらい肌が輝いている。

『事情を聴きたいとのことでしたが、どういった内容でしょうか』

「昨夜の侵入者は、工場の内部に詳しい人間ではないでしょうか。窓と機械の位置関係や鍵の有無など、内部の者しか知りえない事情に詳しいようで」

『ほう』

慎重に里山は先をうながしている。

「今からお聞きすることは、こうした事件では皆さんにお尋ねすることなので、気を悪くなさらないでください。工場を退職した元従業員や、不満を持つ社員など、事件を起こしそうな人に心当たりはありませんか」

『なるほど。弊社には三つ工場がありますが、侵入された桜が丘の工場だけでよろしいですか』

「はい、けっこうです」

桜が丘の工場内部に詳しいのだから、それでかまわないだろう。

里山がしばし首をかしげた。

『桜が丘工場が稼働して、二十三年になります。これまでに工場で勤務したのは九人、今も勤めているのが三人。退職者は六人で、四人が七十歳の定年退職です』

里山の口から、二十三年間の従業員数がすらすら出てくることに驚いたが、あれだけの規模の工場が、三人で動かせるということにもびっくりした。

井筒が言っていたように、本当に「主な仕事は味見」なのかもしれない。

「定年退職された方は、不満などありませんよね」

『そう願いたいですね。年二回、すべての従業員に満足度調査を行っています。給与面、仕事面、人間関係など、さまざまな点で会社に対する意見を聞くようにしていますが、いま働いている三人は、ほぼ満点に近い絶賛状態です』

「そうですか――」

『前回ゆいいつ満点を取れなかった項目は、人間関係です。「たまには誰かに会いたい」と三人とも書いていましてね』

里山が苦笑している。

「工場をひとりで動かすことができるから、誰にも会わないんですね」

『そうです。アンケートの結果を受け、三人が工場で会議する日を、月に一度もうけることにしました』

「なるほど」

現在も働いている三人は、問題なさそうだ。

「定年の前に辞めたのは、ふたりですか」

『はい。ひとりは重い病気にかかり、治療に専念したいからとのことでした。ただ、病状が改善しているそうなので、良くなればまたうちで働かないかと誘っています』

「それは良かったですね。もうひとりはどうですか」

『もうひとりはインドネシア人の留学生で、留学期間が終わったので母国に帰りました。今は向こうの大学で教えているそうです』

そういうことなら、そのふたりも問題なさそうだ。

――とすると、従業員ではないのか。

「失礼なことばかり聞くとお思いでしょうが、御社に恨《うら》みを持つ人はいますか」

『弊社を恨む人間ですか？』

「これまでに脅迫的なメッセージを受け取ったことなど、ありませんでしたか」

『この十年はありませんね。工場ができたころは、近所に住む方から、機械の音がうるさいと苦情が届いたこともありました。恨みというネガティブな感情のデータは、今のところないようです』

「では、最後にもうひとつだけ。御社の周辺に、《繭》システムに反対していたり、反感を抱いていたりする人の話を聞かれたことはありませんか」

『反《繭》の人ですか』

里山は、軽く首をかしげて記憶をたどるような表情になった。

『うーん、すみません。そういうデータもありませんね。警察は、侵入者は反《繭》の活動家だと疑っているのですか』

「まだそうと決まったわけではないですが、《繭》の期間に許可なく出歩いているのは確かなので――」

『残念ですが、工場の関係者には聞いたことがありません』

そうですか、としか答えようがなかった。

電話での事情聴取に応じてもらった礼を言い、通話を終えた。

――ネガティブな感情のデータ、か。

「里山社長は、咲良と話が合いそうだな」

そのへんに咲良がいるような気がしてうっかり話しかけ、今日は非番で、咲良と筐体を共有するニクマルは交番にいるが、自分の知る咲良はいま現在、この世のどこにもいないのだと気がついた。

なぜか急に、寂しくなった。


七曜駅前交番の管内では、そのあと侵入者検知が発生しなかった。

スーパーの侵入犯が、防犯カメラの映像をもとに捕まったと聞いたのは、数日後、富山から当番を引き継いだときだった。富山が交番にいるときに、逮捕の一報が入ったそうだ。

前日は雨だったが、今日は朝から快晴だ。花粉もたくさん飛んでいるらしい。

『アキオが上番する日は、天気がいいなあ』

咲良が交番の入り口から外を見上げ、うーんと伸びをして、戻ってくる。

「ほかの人が当番の日は、おまえもいないじゃないか」

『ふふん、オレさまは日々の天気くらい寝ていてもチェックできるし、してるぞ』

――なーにいばってるんだか。

スーパー侵入事件の犯人は、やっぱり反《繭》の活動家グループで、フレームを真っ黒に塗った自転車に乗り、黒ずくめの服装であちこちの建物に侵入していたらしい。

逮捕されたのは三人だが、ほかの仲間や余罪を追及しているそうだ。

『スーパーの事件は認めましたが、里山製菓は否認しています』

富山が日報にそうメモしていた。各地の侵入者検知事件について解決報を読んでみると、犯人グループの概要がわかる。

十代から三十代までの、反《繭》活動家だ。取り調べの警察官に対し、いろんな理屈を語った。

（《繭》システムは、悪政から目をそらさせるための政府の陰謀だ。本当は新型ウイルスなんて存在しない）

（《繭》に入ると出会いがなくなり、結婚や出産が減って人類は滅びる。エリート層は、自分たちだけ《繭》に入らなくてもいいルールを作っている）

ドラマにでもするなら面白いけど、完全なるデマだ。仲間うちでデマを吹き込まれ、信じ込んでいるらしい。

新型ウイルス、リビッド66は実在するし、《繭》に入り感染拡大は落ち着いてきたが、今も重症化して亡くなる患者がいる。早めに《繭》を適用して、過去に発生したようなパンデミックを防いでいるだけだ。

結婚や出産が減るというのも怪しく、《繭》入りのまぎわには逆に駆け込み婚も発生するし、前回の《繭》の後には出生率が急に上がった。

エリートが《繭》に入らないというのも大ウソだ。逆に彼らは、なるべく自宅から出ないようにして用心を重ねている。どこでウイルスと接触するかわからないのだから、外出など避けられるに越したことはない。エリートなどと呼ばれる層は、そもそも自宅にいながら仕事できる職業に就《つ》いていることが多く、《繭》との親和性が高いのだ。

むしろ、外出せざるをえない職業に就いていると、《繭》に入りたくても入れない。

それに、いつどんなタイミングで《繭》が始まるかわからないので、国民は常にひと月くらいの《繭》を乗り切れるよう、非常食などの用意を義務づけられている。それが、大地震などの災害発生時にも役に立つ。意外な副産物だ。

ウイルスやさまざまな危険から守られた、安全で快適な《繭》。その中に入ることを拒絶するばかりか、破壊をたくらむなんて、信じられない愚かさだ。

「里山製菓の件は、模倣犯だったのかな」

声に出すと、デスクの上で画面を覗いていた咲良が、右の後ろ脚で耳の後ろあたりを掻いた。こういうしぐさが、いかにも猫っぽい。

『ふーん。模倣犯の可能性はあるな。捕まった反《繭》グループの侵入には規則性がある。一日おきに侵入するパターンをくりかえしているんだ。ところが里山製菓だけは、そのパターンから逸脱している』

「スーパーの事件が起きた翌日に、里山製菓に侵入したんだよな」

『スーパーのは、七曜駅前交番の管内で初めて発生した侵入検知事件だった。で、同じ管内で二日続けて侵入検知が起きたこともなかったんだよなあ』

「スーパーの事件を見聞きした誰かが、真似《まね》をして里山製菓の工場に？」

『それなら筋が通るな！』

　事件の報告書を確認しながら、咲良を相手に検討する。

「スーパーの事件では、富山が当番の日の深夜零時七分に侵入検知報が鳴った。翌日の朝には、ネットニュースが流れていたはずだよ、たしか。出勤前に見た覚えがあるから」

《繭》のあいだは、記者も原則として外出禁止だ。よほどのことがなければ取材はオンラインだし、単純な事件なら警察発表をまとめる形で記事にする。

　内容は過不足なく、５Ｗ１Ｈを手際よくまとめた記事だった。侵入はされたが被害は軽微。犯人はスーパーのレジを荒らしたが、《繭》期間で中身は空っぽだった。

「肝心なことはみんな書いてある。指紋や足跡はないが防犯カメラの映像があり、犯人の顔がばっちり映っているって」

　このニュースを読んだ誰かが、その日の深夜、真似して里山製菓の工場に侵入したのだろうか。カメラに顔が映らない工夫をして。

「里山製菓の工場に侵入したやつは、徒歩ですぐの距離に住んでいるはずだよな」

『現場に到着して数分後にパトカーで周辺を巡回したのに、犯人の姿はなかったもんな』

「工場周辺の区分地図を出してみて」

咲良の目が青く輝き、交番の白い壁に地図を投影した。中央に工場の敷地がある。

「工場の敷地、こんなに広いんだ」

『うん。ちょっとした球場くらいある』

「あのさ、事件の後、犯人が敷地の中に潜《ひそ》んでいた可能性はない？」

『ない』

咲良は即答した。

『あのとき、オレさまはサーモカメラで工場の建物を観察した。ついでに工場の敷地内もスキャンしておいた。敷地内にいた人間は、アキオだけだ』

「そうか――」

とすれば、犯人はパトカー到着より前に、工場の正門を乗り越えて出たことになる。塀は高くて、とても越えられそうになかった。出口は一か所だけだ。

「あのあたりには、工場以外に何もないと思ったけど、店どころか住宅も少ないんだな」

『周辺の土地の多くは小麦畑だ。所有者は里山製菓の子会社で、菓子づくりに必要な小麦を、子会社の畑で作ってる』

「へえ。自前なんだ」

里山製菓は七曜市の住民なら知らぬものはないが、資本金の規模は大きくない。それでも、こうしてあらためて工場や生産設備を確認すると、驚くほどの充実ぶりだった。

井筒が出てきた里山製菓の社員寮というのは、門の斜め前にある、三階建てのマンションのことだった。区分地図には、建物ひとつずつ、住人の苗字《みょうじ》なども書き込まれている。

『カメラに犯人が映った時刻と、パトカーが到着した正確な時刻があるからな。犯人が工場の敷地を離脱したのは、パトカー到着の直前だな』

「現場に到着して工場内部を調べ、周辺の捜索にかかるまで五分くらいだったかな」

『そんなもんだ。つまり、門から五、六分以内に移動できる範囲の建物に、犯人は逃げ込んだわけだ』

「徒歩で六分」

『うん。徒歩で六分』

「六分あれば、けっこう動けるな」

『ちょっと速く歩いて、一分で百メートルってところかな。六分で六百メートルだから、門から六百メートルで行ける範囲の建物を表示してみる』

咲良が、地図の道路の一部を緑色に塗った。その範囲が、門から歩いて六百メートルということらしい。かなり広い範囲だ。

「建物はどのくらいある?」

『七十二軒だ。畑が多くて良かったな。これがみんな建物なら、とてつもない数になっていたぞ』

「咲良、リストを作ってよ。巡回の合間に一軒ずつ話を聞いてみるから」

『おっし、おやすい御用!』

一般にも販売されている区分地図と、交番が持つマル秘ノートを照合すればいい。警察官が日ごろ自分たちの足を使って、管内を一軒、一軒巡回し、家族構成、緊急連絡先、職業などの住民情報を記録したノートがある。

交番は、大きな災害が起きると、逃げ遅れた住民がいないか確認しないといけない。そういう緊急時のための管内情報だ。中には個人情報だからと情報提供を拒《こば》む家もあるが、地方の小さな町で気心も知れているせいか、抵抗なく教えてくれる人が多い。

人間が地図を見ながら作成すれば何時間もかかったかもしれないが、咲良は一瞬で作業を終えた。完成したリストは、報告書としてこちらの端末に送られてくる。

「あれ、これって里山社長の自宅だったりする?」

工場の門から三百メートルほどの距離に、「里山」と苗字の書かれたこぢんまりした建物があった。

『里山社長は、本社ビルの近くにあるマンションに住んでいる。だから、これは違うな』

「単に同じ苗字ってことか。あるいは親戚とか」

『――それを調べるなら個人情報にアクセスするから、本部の許可を取ってくれ。許可さえあれば、オレさまは一瞬で答えを返せるぞ』

デスクの上で両足をふんばりいばっている咲良の言いかたに、含みを感じた。ひょっとして、咲良はなにか知っているのだろうか。

「本部の許可は、必要だと思えば取るよ。まずは七十二軒、電話してみるか」

『あっ、オレさまがかける！』

「それじゃ、リストの上から順に頼む」

　事件が起きなければ、《繭》の交番勤務は巡回くらいしかすることがなく、暇なほうだ。仕事ができて、咲良が浮き浮きした様子で通信を開始した。

「こちら七曜駅前交番です。先日の夜、桜が丘の里山製菓の工場に不審な侵入者があった件でお話をうかがいたくてお電話しましたが、今よろしいでしょうか――」

　警察から電話があると、多くの人が何ごとかと身がまえる。必要以上に警戒し、むやみに反発する人もいる。原因らしい原因もないのに、突然キレて態度が悪いなどと言って怒鳴りだす人もいるから要注意だ。

　丁寧に、穏やかに、威圧的だと感じさせないように気を遣う。

「その日の午前二時ごろ、怪しい声や足音など聞きませんでしたか」

「里山製菓の工場周辺で、不審な人物を見かけませんでしたか」

「里山製菓を恨んでいる人を知りませんか」

「里山製菓は毎年、お花見ができるように工場の敷地を開放していましたね。行かれたことはありますか」

二十軒に電話して、ひとまず昼食休憩を取る。レンジで温めるだけのパスタだ。まずまず美味しいが、ものたりないのはボリュームが控えめだからだろうか。食事を終えると電話を再開する。

《繭》の期間なので、みんな自宅にいて、ビデオチャットはすぐつながった。だが、二十何軒めかにかけた里山家だけは、呼び出し音がすぐ転送音に切り替わった。携帯端末に接続しているようだ。

『はい』

つながった。カメラを切っている。

「こちら七曜駅前交番です」

そう切りだすと、相手の声が硬い雰囲気になった。

『鑑識課の里山です。何か？』

——鑑識の里山だって。

スーパーと里山製菓の侵入検知事件で、鑑識からの報告書には、どちらも里山トウリという署名があった。

そうか、あの里山トウリだったのか。

「あの、いつもお世話になっております」

一瞬まごつき、間抜けな反応をしてしまった。咲良がデスクの上でニヤニヤ笑っている。

「まさか鑑識の里山さんの番号とは思わなくて。先日の夜、里山製菓の工場に不審な侵入者があった件で、近くに住んでおられる皆さんに、一軒ずつお電話しているんです」

『ああ──』

管内の住民情報には目を通しているが、里山トウリなんて一度見たら覚えそうな名前なのに、見覚えがない。急いで住民情報を検索してみると、「里山透理」の名前で登録されていた。トウリは通名らしい。

「いちおう里山さんにもお尋ねしますが、当日の午前二時ごろ、怪しい声や足音など聞きませんでしたか」

『特に何も』

「《繭》の期間ですが、里山さんは上番されているんですよね」

『そうです。いま七曜署で働いている鑑識課員は私ひとりです』

「ひとりで担当されてるんですか。それはたいへんですね」

『いえ。仕事は日中だけで、夜には家にもどりますから。《繭》のあいだは事件も少ないし』

他の住人にも聞いた質問を里山にも尋ねてみた。最後に、工場の花見の件を尋ねると、里山は小さく笑った。

『もちろん、行ったことはあります』

「そうですよね」

『祖父の工場ですから』

「えっ――」

さほど珍しい苗字でもないので、本当に親戚だとは思わなかった。

それで気がついた。咲良はおそらく、里山と書かれた家に住んでいるのが何者か、知っていたのだろう。だからあんなに思わせぶりだったのだ。

「里山翔社長の、お孫さんでしたか」

『はい。子どものころから何度も工場に遊びに行きましたから、熟知しています』

なんだかこちらに挑戦するような、挑発的な声だった。

『祖父は去年から、病院で植物状態ですけどね。里山製菓も近く人手に渡りそうですし』

「――なんとおっしゃいました」

祖父、つまり里山社長が、病院で植物状態だと言ったのか。そんなはずはない。事情聴取をしたではないか。

『ご存じなかったのですか。七曜中央《ちゅうおう》病院に入院していますから、問い合わせてみてください』

混乱しつつ、通話をどうにか終えた。

とりあえず、咲良に頼んで七曜中央病院にもかけてみた。

「七曜駅前交番です。そちらに入院されている里山翔さんの件で、主治医の先生とお話ししたいんですが」

話の切り出しかたが肝心だ。受付は在宅勤務らしく、目のぱっちりした女性が、自宅の白い壁を背景に端末を操作してうなずいた。

『ただいま病棟に確認しますのでお待ちください』

——本当に入院中なのか。

それなら先日の男性は何者なのだろう。

『はい、主治医の村田《むらた》です』

白衣の男性が画面に現れた。感染防止の、鳥のくちばしのようなマスクをつけている。

医療関係者は、警官や消防と同様に、《繭》に入れない職業のひとつだ。むしろ新型ウイルス感染の最前線で戦っている。

「里山製菓の里山翔社長とお話しすることはできますか」

村田は一瞬、妙な顔をした。

『――会話は無理ですね』

「その、僕はつい数日前、里山翔さんと名乗る男性とビデオチャットで話したのですが」

村田がぽかんとし、やがて笑いだした。

『それは、だまされたのかもしれませんよ。水瀬さんとおっしゃいましたか。あなたが警察官だという証拠はありますか』

バッジを見せると、村田がうなずいた。

『健康状態は究極の個人情報ですからね。医師には守秘義務があり、うかつに明かせないんです。ただ、里山さんの状態については、昨年ニュースにもなっていますから秘密ではありません。もう半年以上も事故で意識不明のまま、眠り続けていらっしゃいますよ』

――なんだって。

村田との通話を終えたあとも、混乱は続いた。里山翔を名乗った男性は、いったい何者だったのか。ネットで里山製菓のサイトを見てみると、まさにあの、ビデオチャットで話した男性の写真が社長として掲載されている。

『「里山翔」に、もう一度かけてみろよ』

こともなげに咲良がそそのかす。たしかにそうだが、その前に里山製菓だ。

「里山製菓の本社にかけてみてくれ」

『ほいきた。本社の代表番号は、自動音声サービスだな』

呼び出し音を聞きながら、鼓動が速い。質問に答えていくと、目的の担当につながるようになっているようだ。

『お電話ありがとうございます。里山製菓でございます。本日はどのようなご用件でしょうか』

画面には自動音声だとわかるように里山製菓のキャラクター『うまか』のイラストが登場し、性別不明の美しい声がなめらかに問いかける。

「こちらは七曜駅前交番の水瀬と申します。先日、里山翔社長とお話ししたものですが、里山社長はいらっしゃいますか」

てっきり「そんなはずはない」と言われるか、別の誰かが出てくると予想していた。

『水瀬様ですね。お待ちくださいませ。ただいまおつなぎいたします』

受付の自動音声がよどみなくそう答え、軽快な音楽が流れ始めてもなお、何かの間違いではないかと疑っていた。

ふいに『うまか』のイラストが消え、先日と同じ「里山翔」社長が画面に現れた。

『里山です。先日の警察の方ですね。どうされましたか』

――なんだって。

ちょっと待て。頭がぐらぐらしてきた。

里山社長は半年以上も意識不明で眠り続けているのではないのか。主治医がそう明言するのだから間違いない。

そこで、あっと小さな声が漏れた。

「ひょっとして――あなたは、里山社長の」

続く言葉を口にするのはためらわれた。里山社長の映像が乱れ、口元が微笑《ほほえ》んだ。

『――お気づきになりましたか。私は里山社長のこれまでの発言や記録をもとに製作された、社長の〈分身〉です』

「分身――つまり、人工知能なんですね」

『はい。社長就任から事故に遭うまでの三十二年間の公的・私的な発言、行動の記録、社長が毎日つけていたヴォイス日記やSNSの記述など、大量のデータをもとに深層学習を行って製作された人工知能です。社長ならこの質問にどう答えるか、この状況にどう思考し、どのように行動するかを判断できます。水瀬さんは、最初にお話ししたときにはお気づきになりませんでしたから、私はチューリングテストに合格したわけですね』

チューリングテストとは、対話の相手が本物の人間か、それともコンピューターかを隠して誰かと対話させ、本物の人間ではないと見破られなければOKという人工知能のテストのことだ。

たしかに、里山トウリに話を聞くまで、相手が人間でないなどと疑ってもみなかった。

「すごいとは思いますが、里山社長の発言や行動に一致するかどうかは、検証しようがないですよね？」

『私の製作が始まったのは四年前でして』

「事故の前ですね」

『そうです。年齢が年齢ですから、社長は自分の健康を心配していました。何かが突発的に起きても、しばらくは会社が問題なく回るようにと、私の開発を進めていたんです。そして、健在なころに、私が考えた発言と社長の発言を照らし合わせて整合性をチェックしたんですよ。マッチ率は九十八パーセントでした。ですから、私の発言はかなり社長の発言に近いという自信があります』

——人工知能の「自信」って何だろうな。

そう言えば、里山社長は『恨みというネガティブな感情のデータは、今のところない』と言っていた。社長は咲良と話が合うだろうと連想したのも当然だ。咲良と同じで人工知能だったのだから。

『映像も、過去の映像から合成しています。こちらのマッチ率は七割ほどですが』

「——あの、立ち入ったことをお尋ねするようで申し訳ありません。会社の経営も、里山社長の〈分身〉であるあなたがされているわけですか」

人工知能に自然に敬語を使っている自分も妙だが、純白の光を背負って穏やかに微笑む里山社長の映像には、それなりに相手を敬服《けいふく》させる優雅さがある。

『経営陣は社長ひとりではありません。経営会議には私も参加して、里山社長ならこう言うであろう発言をしますが、それが通るとは限りませんから』

「今後はどうするんですか。いつまでもこの状態を続けるんですか」

『どこまでお話ししたものか——。人工呼吸器を使って永らえている社長の身体も、そろそろ限界と言われています。ここ数か月のうちに、決断が必要になるでしょう』

〈分身〉の言葉から、死の香りがした。

『社長には跡継ぎがおらず、会社を売却することになるでしょう。里山製菓の業績は非常にいいですから』

「跡継ぎがいないのですか」

『息子がいましたが、病気で他界しました。息子の妻は健在ですが、自分は経営者の器ではないと言っています』

「社長のお孫さんと話しましたが、あの人は跡継ぎではないんですね」

里山トウリを思い出して尋ねた。

『トウリは自分の道を警察に見出《みいだ》したようです。鑑識が天職だと言っています』

社長の〈分身〉が、寂しげな微笑みを浮かべた。

『少しだけ明かしますと、私の存在は評判が良くて、会社の購入を検討している人たちも、私ごと会社を買って、このまま私をアドバイザーとしたいと言われています』

里山社長の豊富な知識や経験を、〈分身〉は記憶している。困ったとき、〈分身〉に意見を求めれば、里山社長の経験に裏打ちされた含蓄《がんちく》のある言葉が返ってくる。

――人工知能が、人間の代わりになるのか。

初めて咲良に会ったときの、不思議な感覚を思い出す。まるですするりとこちらの胸に入りこむように、咲良との会話は心に響いた。

人工知能とでも会話が成り立ち、人間は人工知能を相手にしても愛情を持てるのであれば、人間とはいったいなんなのか。どこからどこまでが本物の人間なのか。

身体を失っても、記憶があればいい？

それなら、身体が残っていても、記憶を失ったら人間ではない？　そんなまさか。

《繭》の期間、家族以外との直接の接触は禁じられている。会話は画面越し、じかに手を握ったり、肩を抱いたりはできない。

画面越しに話している誰かは、回線の向こうに実在するのだろうか。それとも〈分身〉のように、回線とコンピューター上に存在するだけなのか？

これからずっと、そう疑わなければいけないのか？

里山社長の〈分身〉は本人と間違えるほど精巧だが、人間と人工知能の違いはなんだろう。

デスクに載っている咲良が、何かに驚いたように耳を震わせ、『オッ』とつぶやいた。

ほぼ同時に、画面の中の〈分身〉も何かに驚いた様子で、目を瞠《みは》った。

「もう一度お聞きしますが、工場に侵入した人物について、お心当たりはありませんか」

ほんのわずか、〈分身〉の答えに間が空いた。

『――ええ。ありません』

通話を終えると、咲良がデスクに寝そべり、銀色の目でこちらを見つめた。

『よう、アキオ。そろそろ巡回に出ないか？　外はいい天気だゾ』

朝から電話を三十件はかけ続けた。

咲良の言う通り、そろそろ交番の仕事に戻るべきだ。


世界は、新型ウイルスの蔓延《まんえん》に苦しんでいる。

とはいえ二十四時間、意識しているわけではない。そんなことをしたら疲れ果ててしまう。

こんなに頻繁《ひんぱん》に新型ウイルスが出現するようになったのは、気候変動が原因でもあると、ある研究者が書いていた。ウイルスの宿主《しゅくしゅ》である動物の行動範囲が広がったり、ウイルスの生存に適した環境になったり、永久凍土の氷が解けて、保存されていた「新型」ウイルスが溶けだしたり。

ウイルスに悩まされ、侵され、死んでいくのに貴賤《きせん》の別はない。

――いや、ないこともないか。

《繭》に逃げ込める人は、最悪の時が過ぎ去るまでそこで息をひそめていられる。それはある種の特権かもしれない。

誰もいない道路を、咲良とふたり――ひとりと一匹――あるいはひとりと一台――で巡回しながら、むやみに青い空を見上げる。

自分たちは《繭》から排除されているが、この孤独も悪くはない。

休業中の店舗が並んでいる。路上の立て看板が取り込まれると、道路ががらんとしている。宅配の車が横を通りかかり、配達ロボットが車を降りて、マンションのエントランスに入っていく。宅配ロッカーに届け物を入れるのだろう。

交番近くにある緑の家の二階の窓は、黒いシャッターが下りていた。いつも窓際でパソコンに向かって仕事している男性は、今日はどうしたのだろう。

同期の松永とよく食べにいくラーメン屋の前を通りすぎた。ここは、豚骨スープがこってりして美味しいのだ。つい替え玉を頼んでしまい、ぽんぽんにふくらんだ腹をさすることになるが、後悔はしない。スープの味と香りを思い出して、さっき昼食を終えたばかりなのに、口中に唾が湧く。

美味しいものの記憶は、笑い声と結びついている。松永だったり、宮坂だったり、交番以外の同僚だったり。なかなか一緒にご飯を食べにいく機会もないけど、学生時代の友人の顔と結びつく味もある。

あの焼き肉店は、交番に配属されてすぐ、お祝いだといって宮坂にご馳走《ちそう》してもらった店だ。あっちのカフェは、学生時代のガールフレンドがわざわざ東京から様子を見に来て、「ちゃんとお巡りさんやってるんだね」と、感心したような顔でコーヒーをすすっていた店だ。

そう言えば、里山ビスケットを初めて食べたのは、小学校の遠足だった。定番だけど、「なつかしい」と評される菓子で、家では食べたことがなかった。同じ班の晶《あきら》くんが遠足のおやつにしていて、ひとつ分けてくれたのだ。可愛らしいウサギの形をしていた。かじると甘い香りが口のなかにふわっと広がり、軽い衝撃を受けたくらい美味しかった。

――どうして食べなくなったのかな。

たしかにあれは、クセになる味だったのに。

『なあ、アキオ』

ふいに、咲良が呼んだ。

『人間と人工知能の違い、わかるか?』

「いや。わからない」

『だよなあ』

違いを教えてくれるのかと思ったら、そのままスタスタ歩いていく咲良に、慌てて問いかける。

「教えてくれよ。違いって何だ？」

くるりと咲良がふりむいた。

『アキオはいま何を考えてた？』

「えっ？」

一瞬、学生時代のガールフレンドの顔が浮かんだが、それを強引にはねのける。

「初めて里山ビスケットを食べたときのこと、かな」

『そいつは嘘だ』

「ええっ？」

嘘というわけでもなかったが、狼狽《ろうばい》したのはビスケットとガールフレンドを天秤《てんびん》にかけて、ガールフレンドの情報を隠した自分を知っていたからだ。

咲良はクールに笑い、『素直なやつだナ』と言い放った。

『それが人間と人工知能の違いだ。アキオ、いま嘘をつくのに、理由なんてなかっただろ』

――どうしてわかる、このドラ猫め。

こちらが睨んでいることなどおかまいなしに、咲良が続ける。

『人工知能は理由のない嘘はつかない。人間は気分で嘘をつく』

「そんなことないだろ。人工知能だって、気分で嘘をつく回路を設計すれば」

『それは、「気分で嘘をつく回路があるから」嘘をつくんだろ』

「――」

嘘をつくように設計しなければ、人工知能は嘘をつかない。嘘をつくように設計したのだから、それは嘘をつく理由になる。

――なるほど。

『里山社長の〈分身〉は、嘘をついた』

「えっ、いつ」

誰もいない道路の向こうから、犬を連れた女の人が現れた。こちらに気づくと頭を下げて、道路標識の根元を熱心に嗅いでいるヨークシャー・テリアを急がせた。

制服を着た警察官の姿は、遠くからでも目立つのだ。

どこかで見たような女性だった。

――あの人、以前にシロチャンを預かってたんじゃなかったか。

アレに感染した女性の飼い犬を預かり、世話してくれていた人のはずだ。今日は別の犬を連れていた。あれが自分の犬だろうか。咲良は彼女が見えなくなるまで、黙って歩き続けた。

『工場に侵入した人物に心当たりはないかと〈分身〉に尋ねただろ』

「うん。彼は『ない』と言ったな」

『あれは嘘だ』

「どうしてわかる？」

『オレさまたちが同じ種だからさ』

人間の姿をした〈分身〉と猫の姿をした咲良が同じ種だと考えることには抵抗があったが、間違いではない。彼らは人工知能という同じ種に属している。

『オレさまには人間の嘘はわからないが、人工知能の嘘は見分けられる。質問と答えのあいだに置かれた無言の長さとかでな。侵入者の心当たりがあるかないか、本来は即答できる質問なのに、やつはゼロコンマ7秒の間《ま》を置いた。人工知能の会話の「間」とは、何かの計算を行う時間だ』

「嘘をつくべきかどうか判断するために計算したのか」

『おっ、わかってるじゃないか、アキオ。人間なら「迷った」というところだろうが、人工知能は迷ったりしない』

咲良が目的をもって巡回路を誘導していることにも気づいていた。

あの夜、パトカーを走らせた里山製菓の工場まで、およそ四キロメートル歩いた。

咲良が立ち止まり、アスファルトに銀色の尻を落ちつけた。視線の向こうに、警察車両が一台停まっている。

『さっき、アキオと〈分身〉が喋ってるときだ。鑑識課から里山製菓に、再度の現場鑑識が必要だからと入館申請があった』

咲良と〈分身〉が、同時に何かに驚いたことを思い出す。あのときだろうか。咲良は鑑識課から出た申請に気づき、〈分身〉は里山製菓に届いた申請に気づいた。

「ふうん。こっちは聞いてないけど、鑑識が必要なら申請するのは自由だからな。——で、誰から？」

まあ、聞かずともわかってはいる。いま稼働している鑑識はひとりだけらしいから。

案の定、『なにトボケてやがる』と言いたげな目で、咲良が見上げた。

アーモンド並木の奥で建物の扉が開き、工場で働く井筒と、きゃしゃですらっと背の高い若い女が、手をつないで現れる。

マスクを外し、なにかを口に放り込んで、幸せにあふれた笑顔でしゃべっている。ふたりが大好きな、焼きたての里山ビスケット。

——ああ、そうだったのか。

女がこちらに気づいて、幸せな笑顔がゆっくりゆっくり溶けて流れて、最初からなかったみたいにどこかに消えていく。残ったのは無表情で硬い、整った顔立ちだ。

「里山トウリさんですね。鑑識の」

女は答えないが、里山トウリで間違いない。なぜなら咲良が否定しないから。

「あの、僕たちふたりとも外出許可と入館許可が下りています。問題ないです――よね？」

井筒が不安げに進み出た。

彼女のせいじゃない。彼女は何も悪くないんですと、今にも言いそうな表情を浮かべている。胸にぐっとせり上がってきた感情を、どう始末すればいいのか、井筒自身にもわからないようだ。

『アキオ』

咲良が呼んだ。

『いま里山製菓から連絡があり、侵入検知報は誤報だったと謝罪してきた。被害届が取り下げられたので、例の侵入の件はもう「事件」ではないゾ』

「わかった」

『それから、里山社長の〈分身〉がメッセージをよこした』

「咲良に直接？」

『人工知能どうしだからな。話が速いんだ。で、里山トウリが里山翔社長の人工呼吸器を外すことに同意したそうだ。ついさっきな』

「そうか」

『アキオによろしく伝えてくれってさ』

「――そうか」

それなら、交番に戻るしかない。

里山トウリと井筒の視線を意識して小さく会釈し、来た道を戻る。事件が消えたので、捜査する必要もなくなった。


『つまり――工場への侵入者は里山トウリだったんだよな？』

帰る道すがら、咲良が首をひねった。

「おまえに何か言うと、記録として残るだろ。だから、言ーわない」

『ナニ！　もう事件じゃないから関係ないじゃないか！』

真剣に怒る咲良が面白い。怒った顔が楽しくて、つい遊んでしまう。

だが、人工知能は本当に怒るだろうか。怒ったふりをしているだけではないだろうか。

たとえば、人間が行った思考の飛躍を、記録として残すために。

『なー。もういいじゃないか、教えろよ』

「ふふん。人間は理由もなく嘘をつく。おまえが言ったんだぞ、咲良」

『なんだと、言わないってのは嘘かよ！』

「まあな。証拠はないから、これはただの憶測というか、物語だ。そこはいいな？」

『いいとも。事件じゃなくなったし』

「トウリさんは祖父の会社を継ぐ気はなくて、鑑識が天職だと思ってる。だけど、祖父がもうじき人工呼吸器を外して、完全な死を迎えようとしていることを知った。会社や工場は人手に渡るだろう。寂しいよな。子どものころ入りびたった工場に、愛着がないわけじゃないんだ」

『子どものころからよく入ったと言ってたな』

「うん。そんなときに、反《繭》活動家が管内のスーパーに侵入した。トウリさんが現場鑑識を引き受けた。これだと思ったわけさ。手口もばっちり押さえたからマネするのはかんたんだけど、防犯カメラに顔が映るのは勘弁してほしい」

『警察を辞める気はないんだもんな。天職なんだから』

「そう。顔が映らないようかぶりものを用意し、工場に侵入して、心ゆくまで工場の香りとビスケットを楽しんだ。別れを告げたんだな。パトカーが到着するまでのだいたいの時間は知ってるし、それまでに工場の敷地を出て、家に帰れる距離だとも知っている」

『なるほどなあ。翌日は、何食わぬ顔で鑑識課員として工場に現れ、現場検証を行う』

「そういうこと。現場検証で工場に入るとき、やっぱり井筒さんが鍵を持って現れたはずだ。そこでたぶん、意気投合した」

なにしろふたりとも、焼きたての里山ビスケットが大好きなのだ。ビスケットを口に入れるときの、あのとろけそうな表情！

『今日またトウリがここに現れたのは？』

それはちょっと難しい問題だった。

「――さあな。そこは、トウリさん本人に聞いてみなくちゃわからないな。井筒さんに会うためだったかもしれないし」

ふたりは仲むつまじく手をつないで現れた。《繭》の期間、家族以外との接触は違法行為だが、咲良も黙って見逃していた。

「あるいは、工場に名残りを惜しむためかもしれない。里山社長が亡くなれば、トウリさんは工場と縁が切れてしまうんだろう。それまで毎日でも、懐かしい場所に行きたいのかもしれないよ。まあそれで、〈分身〉にも事件の真相がはっきりわかったので、侵入者検知報を取り下げたんだと思うけどね」

〈分身〉は里山社長と九十八パーセント、同じことを考える。大事な孫のためなら、小さな事件の被害届など取り下げただろう。

『人間って、本当に変な生き物だなあ』

咲良が、吹きはじめた風に目を細め、耳をひくひくとさせてつぶやいた。

第三話　消えた警察官と消えない罪

二十四時間の当番勤務が明け、自転車を漕《こ》いで官舎にもどった。

これから二日は、当直明けと非番だ。仮眠をしっかり取ったから眠気は感じない。シャワーを浴びてさっぱりしたが、午前十時前で昼飯には早すぎ、少しベッドに入るべきかどうか迷っていると、玄関のチャイムが鳴った。

――え、チャイム？

《繭》の期間は、ようやく四週めに入った。いつも通りなら、あと一週間以内に終わるはずだ。

出前や通信販売は頼んでいない。友達も来られないから、官舎のチャイムを鳴らしそうな心当たりはない。

首をかしげてインターフォンのモニターを確認すると、画面の下のほうに活発な銀色の物体が映っていた。

『おい、アキオ！　ぐずぐずしないで、さっさと出てこいよ！』

――咲良？

玄関ドアの前で、インターフォンのカメラに向かって噛みつくように飛び跳《は》ねているのは、まぎれもなく先ほどまで一緒に仕事をしていた、猫型警察ロボットの咲良だ。

「咲良、どうしてここに？」

慌ててドアを開けて尋ねると、咲良は後ろ脚で立ち上がり、不機嫌なオーラを全身から放射して腕を組んだ。

『いいから一緒に来い、アキオ』

「今日は宮坂さんが当番だろ。ニクマルはどうした？」

『ニクマルは出られない』

咲良はぷいと肩をそびやかす。

「出られない？　どうして」

『――宮坂がいないから』

わけがわからなかったが、言われるまま制服に着替え、マスクやフェイスガードも装着して咲良を追った。

咲良の話によるとこうだ。

今朝の九時すぎから勤務を開始するはずの宮坂がまだ現れない。

宮坂は家庭を持っており、《繭》勤務のあいだは、家族への感染を避けるため警察署の仮眠室にひとりで寝泊まりしている。

『アキオが勤務を終えた後、ニクマルが七曜署まで宮坂を迎えに行った。ところが仮眠室に宮坂がおらず、携帯に連絡も取れなかった』

「そんな――。宮坂さんの自宅には連絡してみた？」

ひょっとすると、子どもが熱を出したとか怪我《けが》をしたとか、《繭》のルールを破ってでも自宅に飛んで帰るような理由ができたのではないか。

『課長が自宅に電話したけどな、奥さんが出て、戻っていないと言ったそうだゾ』

咲良が上目づかいに答えた。

「それじゃ、どこに行ったんだろう」

『わからん。アキオは勤務を終えたばかりだけど、こういうケースは前日勤務の人間が残業するルールなんだ。だから呼びにきた』

《繭》じたいめったにないから経験はないが、たしかにそんな規定を読んだ記憶がある。

――宮坂さん、どうしたのかな。

真面目な人なので、仕事を放りだすとは思えない。心配なのは、アレに感染して、どこかで倒れてるんじゃないかということだ。

宮坂の端末に電話してみたが、応答はない。

咲良が小さい銀色の尻を振って急いでいる先は交番だった。交番前のロータリーにパトカーを置いてあるので、それに乗って七曜警察署の周辺を捜すか、宮坂の自宅まで行って話を聞くつもりかもしれない。

小走りに咲良を追いながら、そう言えば今朝は、あたりの景色を楽しむゆとりもなかったと気がついた。

「なあ、咲良」

『なんだ』

「ニクマルは仮眠室の中まで入ったんだな？　なにか言ってたか？　宮坂さんは制服に着替えてから外に出たのかな」

『制服はハンガーに掛けてあったそうだゾ』

ということは、いま宮坂がどこにいるにせよ私服姿だ。

「ほかに気づいたことは？　朝食を食べた後に消えたのかどうかとか――」

咲良はしばらく黙り、誰かと脳内で会話するみたいに首をかしげた。

『朝食はわからない。だけど、部屋は閉め切っていて、長いあいだエアコンをつけていなかったみたいに、冷えきっていた。少なくとも、今朝エアコンをつけたようには思えなかった』

宮坂はいつから仮眠室にいないのだろう。

急に、ぴくりと耳を上げた咲良が足を止めた。何かに耳を澄ますしぐさをしたかと思うと、振り向いた。

『いま宮坂の自宅の隣家から、一一〇番通報があった。宮坂家の庭に誰かいるらしい』

咲良の銀色の目が、鉛《なまり》のように鈍く光った。


パトカーのサイレンは鳴らさず急行した。

宮坂の自宅は、庭つきの戸建て住宅が並ぶ郊外の住宅密集エリアにある。

パトカーを少し離れた場所に停め、咲良を連れて宮坂の自宅に直行する。

『もういないな。家の中に入ったのかな』

咲良が庭をサーモスキャンして、潜んでいる人間がいないことを確認する。

インターフォンを鳴らすと、『はい』と女性の声が答えた。屋内のカメラは消しているらしく、向こうの顔は映らない。

「七曜駅前交番のものです。お隣から、おたくの庭に誰かいると通報があったんですが、特におかしなことはなかったですか」

『うちにもお隣から電話がありましたけど、今のところ何もないですよ』

「そうですか。いま、宮坂さんはいらっしゃいますか」

わずかに間が空いた。インターフォン越しに不審そうな声が返ってきた。

『夫は《繭》の当番で、署に泊まっていますけど』

「ご自宅には戻られていませんか」

『ええ。この三週間、ビデオチャットでしか顔を見ていません』

「もし連絡がありましたら、交番にお知らせ願えますか」

『あのう、宮坂がどうかしたんでしょうか』

どう答えようか迷った。奥さんに、無断欠勤を言いつけるようで気が引ける。隣家の人が見たという庭に潜む人影がもし宮坂なら、それも妙な話だ。

「連絡がつかなくて、心配しているんです。もし連絡がありましたら」

奥さんは驚いたようだった。くれぐれもよろしくとお願いして、隣家に向かう。

隣家ともインターフォン越しに会話した。氏家《うじいえ》と表札が出ている。

『体格を見て、隣のご主人かなとは思ったんですけどね』

小さいモニターに映る氏家は、困惑をにじませている。

カラーのモニターには、派手なアニマル柄のシャツに、ピンクに染めた短い髪をツンツンに立てた、やけにちゃらちゃらした印象の男が映っている。昨年流行したダンスグループのファッションを真似ているようだ。

『でも、この《繭》の時期でしょう。少し前に、反《繭》とか言って他人の家に侵入するやつがいたし、何かあってからでは遅いから通報したんです』

「ええ、一一〇番ありがとうございました。庭のどのあたりにいましたか」

『門扉を通り抜けて、左側にヒイラギが植わってますよね。あの陰です。あの木は、生きたクリスマスツリーにするために、ご主人が苗を買ってきて植えたんですよ。子どもを喜ばせたくて、って言ってました』

子煩悩《こぼんのう》な彼らしい話だ。宮坂家の庭はほとんどコンクリートで固めてあるが、ヒイラギの下だけ丸く土が覗いている。

「足跡が残っているかもしれないな。咲良、足跡くらいなら鑑識の手を煩《わずら》わせるまでもないから、写真を撮《と》っておいて」

『よしきた！』

咲良は小さいので、柵のあいだからするりと潜り込み、ヒイラギに潜んだ何者かの足跡を撮影しに行った。

「見たのは男ですね。服装は見えましたか」

『グレーのTシャツに、黒っぽいズボンかな。上着もなくて、この寒空にと思ったから』

隣家の男性は、顔は見ていないと言った。あらためて協力に感謝し、もしまた見かけたら通報してほしいと頼んで、その場を離れる。

『足跡、あったぞ。くっきりして新しかったから、今朝のだろう』

咲良がもどり、撮影した足跡の写真を、こちらの端末に送ってきた。

「何かと照合できるかな」

『宮坂の足跡なら、交番の裏の花壇に残ってる。前の当番で花に水をやるとき、うっかり花壇の土に踏み込んだから』

「それじゃ、それと照合して。――ていうか、よく知ってるな、そんなこと」

言ってしまってから、おそらくニクマルの知識だと気がついた。咲良とニクマルは、筐体だけでなく知識と経験も共有しているらしい。

隣家の男性が見たという、宮坂家に潜んでいた男の服装を咲良に伝えて、宮坂の服装かどうか、ニクマルに確認してもらった。

『ニクマルは、制服を着た宮坂しか知らないってよ』

――なるほど。

「このへんをパトロールして、それから署に行ってみよう」

パトカーに乗り込み、ゆっくり近隣を巡回する。咲良がサーモスキャンをかけているので、もし誰か庭に潜んでいれば気がつく。

だが、誰もいなかった。

『逃げた後らしいな』

潜んでいたのが宮坂なら、七曜駅前交番の勤務がいちばん長く、もう八年も交番にヌシのように居座っているから、管内の地理など地図よりも詳しい。

「署に行ってみよう。まだ、病気で倒れている可能性も残っているわけだし」

咲良は逆らわないが、ちらりと妙な視線でこちらを見た。何か、言いたくても言えないことが銀色の目のなかに陽炎《かげろう》のようにたゆたっている。

「どうした？」

『――ん』

「何か知ってるのか？　咲良じゃなく、ニクマルが」

ニクマルは前の勤務のとき、宮坂と二十四時間一緒にいたのだから、気がついたことでもあるかもしれない。

《繭》の勤務についた警察官のなかには、たまにうつ病を発症する者がいるそうだ。ここしばらくの宮坂の様子がどうだったか思い返してみる。勤務交代の引継ぎもオンラインだから、じかに会うことはない。

――なんかたいくつそうだったんだよな。

家族と離れ、署の仮眠室で三週間以上のひとり暮らしだ。なかには「独身時代にもどったみたい」と嬉しがるやつがいるとも聞くが、宮坂は時間をもてあましているようだったから、ゲームを貸した。

『ニクマルとオレさまは、互いに隠しごとができないんだよナ』

咲良がふいに口をとがらせた。

『だけど、言っちゃいけないこともあるから』

やはり、宮坂の失踪《しっそう》の理由に、咲良とニクマルは気づいている。

「なあ。隠しごとする人工知能って、めんどくさいぞ」

冗談めかして言ったつもりだが、咲良はしばらく考えこむように黙りこんだ。

『だったらアキオのパンツに穴が開いてたって、宮坂に言ってもいいか？』

「――良くない」

まったく、このドラ猫は人の弱みを見抜くのがうまい。

「穴、開いてたのか？　パンツに？」

咲良が冷ややかにこちらを見上げた。

『誰にでも、他人には知られたくないことがひとつやふたつはあるって意味だヨ』

人工知能に道徳を説《と》かれるとは思わなかったが、咲良が正しい。

宮坂には何か問題があったようだが、それは自力で探り出さねばならないのだ。

パトカーで七曜署に向かい、仮眠室に入る許可をもらった。宮坂のほかにも、家族持ちで《繭》の当番にあたる警官が個室に寝泊まりしている。彼らと鉢合わせしないように、こちらの入館をアナウンスしてもらう。ついでに、宮坂の居場所を知る警官がいないか、聞いてもらったが誰も知らなかった。

宮坂が使っている部屋に、もちろん彼はいない。咲良が言った通り、糊《のり》のきいた制服はパリッとした状態でハンガーに掛かったままだ。ロッカーには私服が何着か入っている。

ゴミ箱は空っぽだった。

ふだん使っている黒いバックパックがロッカーに置かれていた。勝手に見るのは悪いと思ったが、念のため中をあらためると、なにも入っていなかった。

『《繭》に入ってから、宮坂はウェストポーチみたいのを愛用しているゾ』

咲良が口を添える。その情報は秘密ではないらしい。

――どこかで倒れているんじゃないのか。

その心配もあるので、署内の食堂や飲み物の自動販売機、トイレ、シャワールームに専用のジムなど、宮坂がいる可能性のある場所をくまなく見て回った。

だが、どこにもいない。

警察署の玄関に設置された防犯カメラには、今朝の午前六時すぎに、グレーのTシャツと黒いジーンズ姿で署から出ていく宮坂が映っていた。帰ってきた様子もない。

『しょうがない。いったん交番にもどろう。宮坂が見つからないなら交代要員を探さなきゃならないし、今日の巡回もあるし』

「今日一日は――」

『課長から連絡があるよ』

咲良の言葉通り、交番にもどったとたん、地域課の末次《すえつぐ》課長から通信が入った。

『水瀬君には悪いけど、今日はこのまま君が当番をやってくれないかな』

――二日連続勤務なのか。

末次は丸っこい顔をした、四十代の女性だ。タレがちの目のせいで、いつもナマケモノが笑っているように見える。

『宮坂君の代わりに、駅前交番に誰か入れなくちゃいけないな。急に言われてもみんな困るだろうけど、いつも通り四週間で終わるなら、宮坂君の番はあと一回だけだから』

末次の悩みを聞いて、同期の顔が浮かんだ。

「松永が、《繭》の当番をやってみたかったと言ってましたけど」

『本当？　それじゃ、連絡してみるわ。助かるよ』

「あの、宮坂さんを捜すのはどうしましょう。事故に遭ったり、どこかで倒れているかもしれませんし」

『そうだなあ。巡回のあいだ、宮坂君がいないか心がけて見てくれればいいよ。まだ管内にいるかどうかもわからないし』

基本的に、アキオたちは駅前交番の管轄《かんかつ》エリア内しか動くことができない。

宮坂がそのエリアから逸脱していれば、捜しようがない。

『ま、管轄区域外に出ていれば、そのうちよその交番から連絡があるからね。不名誉だけど』

「宮坂さん、携帯端末を持ったまま姿を消しているようなんです」

『かけてみた？　あたしがかけても出なかったんだ』

「そうですね。僕もかけましたけど、出ませんでした。それで、位置情報を調査する許可をいただけないでしょうか」

携帯端末のＧＰＳを使えば、端末の現在位置がわかる。かんたんな話だと思ったが、末次は珍しく難しい顔をして考え込んだ。

『それがいちばんてっとり早いけど、少し様子を見ようか。宮坂君は犯罪行為をしたわけじゃない。無断欠勤しただけだ。それじゃ裁判所に許可をもらうのも難しいだろうし、位置情報みたいなプライバシーをかんたんに警察が取得できる社会ってのも、健康的ではないからね』

泣き笑いみたいな顔でそう言うと、末次は通話を終えた。

課長と話しているあいだ、どこかに姿を消していた咲良がもどってきた。

『宮坂家の庭の足跡だけど』

「ああ。交番の花壇の足跡と比較すると言ってたあれか」

『うん。宮坂の靴跡と一致した。庭に潜んでいたのは、本人だな』

「宮坂さんの自宅なのに、どうして隠れてたんだろう」

『知るかよ』

猫に肩をすくめるしぐさができたなら、咲良はきっとそうしたはずだ。

『とにかく、今朝の時点で宮坂は自宅の庭に潜み、アキオとオレさまが到着する前に逃げたわけだ。アレに感染して行き倒れたわけではなさそうだナ』

「倒れてやしないかと、やみくもに捜し回る必要はないってことか——」

宮坂が何を考えているのか、ますますわからなくなった。

思いついて、端末で日報を開いてみた。昨日、自分自身が書いたものから遡《さかのぼ》り、宮坂の日報を読み直す。

当番の朝には、咲良が前の二日間に起きたことを整理して教えてくれるのだが、日報をじっくり読んでみると、詳細がよくわかる。

ここしばらく宮坂が上番した日は、事件らしい事件なんて起きなかった。

「担当事件が原因で失踪——ということはなさそうだな」

事件が原因になった可能性があるなら、ニクマルは咲良経由で知らせるはずだ。隠しているということは、原因は宮坂の個人的な何かなのだ。

「もう一度、宮坂さんの自宅に行ってみるか」

『よし来た！　パトカーで行こう』

巡回のついでに、宮坂の妻に話を聞いてみる。そのくらいしか、思いつかない。

勢いよくデスクから飛び降りて、先に歩いていく咲良の首根っこをつかみ、交番の横に停めてある自転車の前かごに押し込んだ。

『ちぇっ、なんだよ自転車？』

「いちいちパトカーで巡回するほど、うちの管内は広くないから」

咲良はパトカーが好きらしい。よく助手席のシートに立ってダッシュボードに前肢を載せ、楽しそうにフロントガラスの向こうを見つめている。

そういうときの咲良は、ちょっと面白かったし可愛かった。

「いいか。ゆっくり移動すると、細かいことを見逃さないんだ。車だと時速四十キロだろ。自転車よりも歩いたほうが、もっとよく見えることだってある」

『それは人間の話だ。オレさまの目なら、徒歩だろうが自転車だろうがパトカーだろうが、見逃すことなんかないんだゾ！』

なるほど、咲良の目は高性能なカメラだから、動画をくりかえし確認することもできる。

人間の動体視力とは桁違いだ。

『だけど、いい心がけだな。急いで動くと、見落としやすいってことだな。時速四十キロと時速五キロじゃあ、目に映る風景も違うんだろうな、人間には』

めずらしく咲良に褒められたところで、自転車に乗ってゆっくり漕ぎだす。

七曜駅前交番から、宮坂の自宅がある町まで、自転車で二十分ぐらいだ。その通り道も巡回コースに入っている。

風を受けて、マスクが唇に貼りつく。

誰もいない道路も見慣れてきた。人間ってのは、どんなことにでもけっこう慣れる。

高校生のころ、教科書に載っていた写真を今でも思い出す。内戦が続く中東の町で、瓦《が》礫《れき》と化したレンガ塀の陰に座った十代の少女ふたりが、ミサイルの飛び交う空を背景に、おしゃべりして笑いさざめいていた。

人間はどんな危険にも慣れるし、死と隣り合わせの生活をしていても笑える。いいことかどうかはわからないけど、たぶんそうでないと生きていけないから。

ひと気のない街路に、ひょいと現れるのは犬だった。リードをつけて、後ろにいるのは飼い主だ。《繭》の街路では、主役はもちろん犬のほうだ。なにしろ、人間は犬のおかげでお供として外出を許されるのだから。

――あ、あの人。

交番の近くでよく見かける女性が、今日も犬を散歩させている。以前、事件に関係した「シロチャン」という犬を預かっていた人だ。

彼女自身の犬はヨークシャー・テリアで、散歩の時刻は午前十時台と午後八時台だ。好奇心旺盛な犬で、小さいくせに飼い主をぐいぐい引っ張っている。小柄でおとなしい印象の女性は、マスクをしているから口元は見えない。

「タンタン、待って!」

そう言いながら目を細めて走っているところを見ると、たぶん苦笑しているのだろう。

彼女たちを驚かせたくないので、少し離れて自転車を走らせた。《繭》のあいだは他人との距離に敏感になる。

彼女はこちらの心配りに気づいたようで、犬から顔を上げて会釈した。ゆるやかにカールした茶色い髪が、ふわっと顔のまわりで跳ねた。

『よく会うな、あの犬と女の人』

「うん。ちゃんと毎日、散歩させてるってことだな」

『面白いよな。人間は外出禁止だけど、犬の散歩はいいんだから』

「犬を室内に閉じ込めるのはかわいそうだからな」

昔のウイルス禍《か》で都市ごとロックダウンしたときも、犬の散歩は許可されたそうだ。

『ヨークシャー・テリアのタンタン。飼い主の名前は城川《しろかわ》ユイ、独身のひとり暮らしだそうだ。良かったな』

首輪のICチップから情報を読み取り、咲良がつぶやく。氏名はともかく、独身？

「――べつに良くないし、そんなこと聞いてないぞ？」

『聞きたかったくせに』

「いやそれ、個人情報閲覧の職権濫用だぞ？」

『そうかあー？』

前かごの中で首だけをくるりと後ろに向け、化け猫みたいに牙をむき出して笑っている。

咲良の人工知能には、自分自身が法を犯さないための回路も組み込まれているから、プライバシーを侵害しても、ぎりぎり法律には触れていないらしい。

交番は、管轄内を一戸ずつ訪問して、家族構成や職業、緊急時の連絡先なども聞いて回って記録している。咲良はきっとそれを参照したのだろう。

『おっ、ちょっと待った。自転車停めろ』

ふいに、咲良が前かごから飛び出して、いま来た方向に駆けもどっていった。

「おい、咲良？」

すぐもどってきたが、何かくわえている。

身軽に前かごに飛び込んで、くわえたものを『ほれ』と言いながら前肢で挟んで見せた。

「小銭入れ？」

猫の顔をかたどった黒い合成皮革に、ジッパーがついている。受け取ると、少し持ち重りがした。念のために開いてみると、小銭と鍵が入っている。

『さっきの城川さんの落とし物じゃないか？』

小銭はともかく、鍵は困るだろう。

「どっちに行ったかな」

犬の散歩は、時間にして一回三十分まで、距離は二ブロックまでと制限されている。少し探すと見つかった。

「咲良、彼女に見せて、落としたかどうか聞いてみろよ」

『えっ、アキオは行かないの』

「《繭》のあいだ、人間どうしは接触しちゃダメなんだ」

なんだかんだぼやきながら、咲良がふたたび自転車の前かごから飛び出していった。

――どうやら、当たりだったようだ。

城川さん――ヨークシャー・テリアを連れた女性が、咲良に声をかけられて驚き、ポケットの中に手を入れて、目を丸くして咲良から小銭入れを受け取った。

彼女は少し離れた場所から自分を見守る警察官にも気づいたらしく、ていねいに頭を下げた。

『良かったな！』

駆けもどってきた咲良が、前かごに飛び込みながら得意げに言う。

『何か困ったことがあったら、七曜駅前交番の水瀬アキオに連絡しろと言っといたぜ』

「なんだって！　仕事中なんだから、よけいなことを言うなよ」

鼻歌まじりの警察ロボが、どこ吹く風と聞き流している。まったく、警察官と警察ロボの相性が計算されているって本当だろうか。

ともあれ、気を取り直して巡回を再開した。

こうして走っていると、毎日同じ光景が続くだけに、前に見た光景との微妙な違いが気になるようにもなった。

――また閉まっている。

緑の家のシャッターは、今日も閉まっている。以前はもっと開放的な家で、窓やカーテンは開けっ放し、窓際で夫婦がいちゃつくのまで見えたほどだった。

今は、すべての窓が雨戸を閉め切るか、シャッターを下ろしている。中で何が起きているのかさっぱり見えない。

その家の前でなんとなく自転車を停めたのは、室内でガラスが割れるような、激しい物音を聞いたからだ。だが、今はもう静まりかえっている。気のせいだろうか。

――この家の人、どうしたんだろうな。

後ろ髪を引かれながら、ペダルを漕ぐ足に力を入れた。


宮坂の妻に話を聞く前に、周辺を自転車で回り、観察した。

ごく一般的な郊外の住宅地だ。地方だから地価も庶民の手が届く。ささやかな庭が持て、場合によっては駐車場に車が二台、三台と置いてある。駅まで徒歩三十分、近くにバス停はあるが、自家用車があれば便利ではある。

『このあたりは、八十年くらい前に開発されたんだ。それまでは山だった』

咲良が周囲の匂いをフンフンと嗅いだ。

『いわゆる新興住宅地だナ。当時は「新興」だったけど、今では貫禄がついたよな』

「住んでる人は、最近越してきた人が多いよね」

『七曜市のなかでも、手ごろな価格で買える戸建てだからな。二十代後半から三十代の夫婦が購入して、子育てするんだ。子どもが大きくなって学校に行くようになると、ゆとりのある家はK電鉄沿線の駅前にあるマンションに引っ越す』

「だから若い人が多いんだな」

宮坂家に着いてインターフォンを押すと、宮坂の妻がめんどくさそうに応答した。

「すみませんが宮坂さんのことで、少しお話を伺いたいんです。玄関の外まで来ていただけませんか」

宮坂のプライベートを尋ねるのに、このままだと近所にも丸聞こえだ。

宮坂の妻は、しぶしぶ玄関ドアを開けた。

マスクをしていても、女優みたいにパッと華やかにめだつ美人だ。目に力がこもっている。宮坂キララ、と咲良がフルネームを教えてくれた。

こちらは門の外に立ったままで、距離を保って話を進めた。

「宮坂は、まだ出勤してないんですか」

けわしい目つきでキララが言った。

「はい。今日に限ってなので、心配しています。奥さん、心当たりはないんですよね」

「ありません」

「最近の宮坂さん、なにかありましたか。元気ないなと思うようなこととか、心配ごととか、なにか気づいたことは」

「なにもわかりません。だって、三週間も会ってないんですもん。ビデオチャットで喋ったりはしましたけど。子どもがパパと話せるよう、すぐに譲りましたし」

「宮坂さんが、行きたがっていた場所とかありませんか」

「さあ」

キララの答えはそっけなかった。

「お子さんは――」

「息子がひとり」

「今いらっしゃいます？」

つい聞いてしまったが、《繭》なのだからいないわけがない。キララは失言にツッコミを入れず、素直に子どもを呼んでくれた。

宮坂祐《たすく》。五歳になったばかりだ。

母親の足にしがみついているおとなしい男の子で、父親の様子を尋ねても、首をかしげたり横に振ったりするばかりで埒《らち》が明かない。

結局、ほとんどなにもわからなかった。

「ありがとうございます。引き続き、なにか思い出したり、宮坂さんから連絡があったりしたら知らせてください」

挨拶し、次は周辺の家に聞き込みをすることにした。宮坂キララは、複雑な表情で子どもと一緒にこちらを見ていた。いや、子どもは咲良をじっと見つめていた。

宮坂のパートナー、ニクマルを見たことがあるのかもしれない。

「次はお隣かな」

通報してきた氏家という家のインターフォンを押すと、しばらくして眠そうな男がモニターに現れた。しきりにあくびして目をこすっている。もう十一時近いのだが、《繭》の期間は出勤できないので生活のリズムが狂う人も多いそうだ。

「今朝はご協力ありがとうございました。あれから怪しい人影など見ましたか」

『いいえ。オレ、眠くなってあれから寝てしまって。いまチャイムで起きました』

「それはすみませんでした。最近、このあたりで変わったことが起きたりはしてないですか。不審な人がうろついていたり」

『いや、まさか。だって《繭》ですからね。変な人がうろうろしていたら、みんなすぐ通報するでしょう』

たしかにそうだ。

「氏家さんのご家族は――」

『おい、この人はひとり暮らしだぞ』

質問しかけると、咲良が口を挟んだ。独身でこんな大きな戸建てに住んでいるのか、とちらりと考えたが、よけいなお世話だろう。

「宮坂さんと話をしたこと、ありますか」

『宮坂さんって、旦那さんのほう？　それとも奥さん？　奥さんには今朝、電話して、庭に変な人がいるから外に出ないほうがいいって言ったけど。旦那さんとはもう長いこと話してないよ』

礼を言って次に行こうとしたが、ふいに思いついて足を止めた。

「すみませんが、もうひとつ。宮坂さんのご家族の仲は、見ていてどうでしたか」

『──家族の仲？　よくわかんないけど、いいんじゃないかな』

隣に住んでいても、他人のことなど知ったことかと言いたげな口ぶりだ。その場を離れ、通りの両側にある家のチャイムを一軒ずつ鳴らした。

尋ねることは同じだ。このあたりで不審な人間を見たことはあるか。宮坂を知っているか。宮坂に変わった様子はなかったか。

そして、答えもほぼ同じだった。不審な人物など《繭》だから見たことはない。宮坂は知っているが、《繭》で交番の当番になったそうだから、最近話したことはない。宮坂がどうかしたのか？

最後の質問には答えられない。

『パトロールの途中に、よくここを通ってるのは見かけるけどね』

向かい側に住んでいる中年の男性が、かすかに苦笑を浮かべて言った。

『家にも帰れないなんて気の毒だよね。家族に会えなくて寂しいんだろう。自転車を家の前に停めて、じっと中の様子をうかがってるの、何度か見かけたよ』

――それは知らなかった。

日報には巡回コースも自動的に記録される。宮坂の日報を読んだが、気づかなかった。

交番に帰ったら、確認しなくては。

両隣と向かいの三軒にヒアリングを終え、自転車を停めて通りを眺める。停まっている車が多いのは、《繭》で外出できないからだ。

ふだんなら近所の人が庭に出て家庭菜園や植木の手入れをしたり、水をやったり、子どもが転がるように遊んでいたりして、にぎやかなはずだ。挨拶だってするだろう。

それが、今はどの家もぴたりと扉と窓を閉ざしている。人影ひとつない。

宮坂の自宅すらも扉を閉ざし、あと一週間弱、彼はそこにもどることができない。

――排除されているんだ。

いつもはそんなふうに感じないのに、小さな針でチクチクと胸を刺されるように感じた。

フルカラーだった世界が、急に翳ってモノクロームの静寂に満たされる。

宮坂はパトロール中に自転車を家の前に停め、じっと中の様子を窺っていた。

今朝も庭のヒイラギに隠れ、自宅をじっと見つめていたのだろうか。職場を離脱し、制服も着ずに、たったひとりで。

笑い声は漏れ聞こえただろうか。窓から妻と息子の様子が見えただろうか。自分のいない自宅の、《繭》入りして幸せそうな暮らしを彼はどんなふうに見ていたのだろう。

――世界から、弾《はじ》き出された気分。

ぬくぬくとして安全な《繭》に入りたい。入れる人たちがうらやましくてたまらない。自分はそこにいられないから。

自転車を押して歩いた。なんだか、急に自転車が重くなった。

『アキオはもともとひとり暮らしだもんな』

前かごに前肢をかけ、伸びをしながら咲良が周囲を見回した。

咲良の言うとおりだ。ふだんからひとり暮らしをしていると、《繭》の期間になっても生活にあまり変化がない。宮坂の寂しさにも気づかなかった。

『《繭》の交番勤務は、独身者だけにすべきだって意見もあるんだ。妻帯者はたまに鬱《うつ》になるんだって』

「そうなのか？　だけど、そんなルールができたらみんな結婚しちゃうかもな」

『そうなのか？　《繭》当番をやりたいから独身をとおす、なんて気骨のある奴はいないのかヨ』

「おっ、そろそろ昼だな」

『なにごまかしてるんだ？　おい、アキオ！』

宮坂の気持ちに共鳴して、しんみりしていたのを隠すため、自転車にひょいとまたがった。ペダルを漕いで風を感じると、少しは気分が楽になる。

咲良が前かごのなかで風を受けて目を細め、銀色のしっぽをぶんぶんと振った。


交番にもどって昼食のカップ麺を食べていると、末次課長と同期の松永から連絡が入った。

末次によると、宮坂の交代要員は松永に決まったそうだ。今日はこのまま二日連続の勤務になるが、次の宮坂の当番日からは松永が代わりに出る。

松永は喜びと困惑を半々に滲《にじ》ませていた。

『俺を推薦してくれてありがとうな。あと一週間も残ってないけど、《繭》で当番になるとすごく力がつくっていうもんな。でも実はさ、彼女がちょっとスネてて』

そうなる可能性も少しは予想していた。

通話を切る前に、松永は背後にいるらしい彼女に、『仕事なんだからしかたがないだろ』と言い返していた。ちょっと哀願口調で。

宮坂の日報の巡回ルートを、咲良に分析してもらった。

『たしかに、一日五回の巡回のうち、四回も自宅の前を通ってる日があるな。この三週間で、宮坂は七回当番があったんだけどさ、最近の四回はずっとそんな感じだ』

「五回のうち四回って、巡回ルートが偏りすぎてない？」

『うん。すごく偏ってる』

「それってニクマルは注意しなかったの」

警察ロボの役割には、巡回すべき場所の指導なども含まれるはずだ。

『注意したけど、宮坂が聞かなかったんだ』

「――あのさ」

カップ麺の容器を捨て、咲良に向き直る。

「ニクマルと直接、話せないかな。君たち警察ロボが、決められた相手としかリンクしないことは知ってるけど、ニクマルから聞きたいことがあるんだ」

咲良がしばらく、首をかしげていた。たぶん、彼ら警察ロボには、彼ら同士で会話する術《すべ》があるのだろう。

『――オレさまはいいと思うが、ニクマルが嫌がってる。今は無理そうだナ』

「――そっか」

《繭》入りして、三週間と二日だ。

そもそも、《繭》の仕組みが開発されたのは、大昔のCOVID-19というウイルス禍のときに、都市部のロックダウンや活動の制約が長引いて、経済が冷え込んだだけでなく、あまりにも長期間にわたり対面で人と会えないことが人間の心に傷をもたらしたからだ。

ウイルスとの戦いは、短期決戦がいい。

対人の接触を徹底的に減らし、人から人へウイルスが移動できなくして、まだ蔓延していないうちに、短い期間でウイルス禍を終息させる。それがベストだ。

《繭》はこれまで、ほぼ四週間で全面解除されている。

(四週間だけのがまんだ)

そのメッセージは、壊滅的な打撃をもたらす恐れのあるウイルスと戦う人類に、光明を与えた。

ワクチンや薬の開発も驚異的に早くなり、ウイルスが世界のどこかで発見され、人類に対し致命的な被害をもたらす恐れがあるとわかった時点で大量生産が始まる。

《繭》が解除されるまでには、感染拡大が沈静化するとともに、ワクチンも手に入っているはずだ。ワクチンが行き渡れば、《繭》を解除して人が行き来するようになっても、ふたたび感染拡大が始まることはない。

人類は《繭》とワクチンと薬でウイルスとの全面戦争に勝ったのだ。

「あと、たったの五日で終わるのになあ」

宮坂はもう少しだけ、待てなかったのだろうか。そうすれば、家族とも堂々と会えるようになったのに。

『アキオは《繭》以外の期間、どんなふうに暮らしていたんだ？』

咲良がデスクに乗り、本物の猫のように寝そべった。

「どんなふうに？　そうだなあ――」

子どものころに両親が離婚して、すぐそれぞれが別の家庭を持ったので、高校を出てからはずっと、ひとり暮らしだ。当たり前だけど、炊事、洗濯、掃除、生活に必要なことはなんでも自分でできる。

昔は結婚や離婚が人生の一大事だったみたいだけど、今はみんな、試しに結婚してみて、合わないと思ったらカジュアルに離婚するようになったから、似たような境遇の友達も多い。アニメの脚本家をやっている、佐古だってそうだ。

だから家族からは早くに自立して、自分の楽しみを見つけるのも早かった。

オートバイで気ままに走るのが好きだ。

仲のいい友達と、わいわい騒ぎながら美味しいものを食べるのが好きだ。

たまにはサッカーや野球の観戦にも出かける。ビールを飲んで、応援するチームの旗を振る。

「ごくふつうの生活だよ」

『人間の言う「ふつう」ってやつが、オレさまにはよくわかんねえんだよなあ』

咲良はぼやき、銀色の目を半分閉じて、あごを前肢に載せた。


午後一時すぎ、宅配便のロゴマークが入ったバンが停まり、台車にタブレットがついたようなロボットが交番に入ってきた。

『オ荷物ヲ、オ届ケニアガリマシタ。コチラニ受取ノサインヲオネガイシマス』

台車の上には、男子高校生の弁当箱くらいの段ボール箱が載っている。

「荷物なんか来る覚えはないけど――」

言ってしまってから、ハッとした。今日は本来なら宮坂の当番だ。自分が交番にいる日に届くよう、彼が注文したのだろう。

ロボットのモニターを確認すると、予想したとおり宛名は宮坂になっている。タブレット上にサインして段ボール箱を受け取ると、『アリガトウゴザイマシタ』といい声で言ってロボットはくるりと転回し、車にもどっていった。

『なんだ？』

咲良が興味津々で覗き込む。

荷物の送り状には、「ゲーム」と書いてある。

『今どき、オンラインじゃなくてブツを送ってくるゲームなんてあるのかヨ』

「咲良、中身はわからないのか？」

『むちゃ言うなよ。オレさま、千里眼じゃないからな』

荷物の送り主は、株式会社モノゾウという国内企業だった。ネットで検索してみると、製品一覧としてボードゲームが表示された。チェス、将棋、囲碁、人生ゲーム、スクラブルなどだ。

『包みを破いちゃえよ！』

咲良がそそのかしたが、首を横に振って断った。

「そんなのだめだ。子どもへのプレゼントかもしれないだろ」

あと一週間足らずで《繭》が明ける。そのときに、家族と喜びを分かち合うために、プレゼントを用意したのかも。

『それじゃ、家族に渡して開けてもらおう』

「それもダメ。誕生日プレゼントだったらどうする」

『アキオ、おまえ』

咲良があきれたようにこちらを見た。

「考えてみろ。宮坂さんは事件を起こしたわけじゃない。今日、それも一日だけ、仕事に出てこなかった。それだけなんだ」

なにか考えていた咲良が、耳の後ろを掻いてうなずいた。

『たしかにそうだ。騒ぎすぎだったナ』

「どこかで倒れていたらとは心配したけど、そういうことではなさそうだし」

《繭》の期間に当番になり、うつ病を発症する警察官がたまにいるという。詳しいことが知りたくて検索してみた。

三年前に書かれた、医師の論文が見つかった。前回の《繭》の後に書かれたものだ。

うつ病になるのは、警察官だけではない。医療関係者、救急隊員、消防隊員、インフラの保守スタッフなど、《繭》に入れない職業の人が、前回だけで三千人以上、報告されていた。

たった四週間の《繭》で三千人。全国ベースとはいえ、予想以上に多い。

『彼らの多くは、正しい世界から排除されていると感じている。《繭》に対して持つイメージは、「あたたかい」「安らか」「和らぐ」などプラスのものが多いのに対し、自分の環境は「厳しい」「感染の恐怖」「緊張する」など、マイナスのイメージを抱いている』

論文のまとめに、宮坂家の前で感じたのと同じことが書かれていた。

研究者は三千人すべてにヒアリングし、当時彼らが考えたこと、感じたことを言語化することで、再発を防げないかと考えたのだ。

結論として、《繭》に入れないことで、家族、友人、近隣住民らのコミュニティから排斥されたと感じることのないよう、職場での連携を密にすることや、同僚ロボットの活用などが提言されている。

――つまり咲良たちのことか。

そういえば、前回の《繭》勤務に咲良はいなかった。今回から導入されたのだ。予告はされていたし、あまりにもするっと入り込んできたので、まるで昔から《繭》入りの相棒だったように錯覚していた。

前回の調査結果を受けて、改善するため警察ロボが投入されたのか。

「宮坂さんにはあまり効果がなかったようだけど」

咲良がしゅんとしょげて、耳を垂《た》らした。

「咲良のせいじゃないよ」

『――ニクマルのせいでもないからな』

そうだニクマルのせいでもないと言おうとして、ふと気がついた。もしも宮坂と警察ロボとの相性が良くなかったら？　今回が初めての試みだ。宮坂に適合すると思われた人工知能が、実は合ってなかったら。

「そう言えばさ。宮坂さんは、勤務中の交番で通販の荷物を受け取ろうとしてたな」

『悪いというルールはないよな』

話題が変わったせいか、どこかホッとした様子で咲良が応じる。

「うん。ルールはないけど、勤務中にそういうことは普通やらないよ。ルールじゃなくて、エチケットみたいなもん」

『出前はよく頼んでたみたいだ』

ニクマルに聞いたのか、咲良が言った。

「そうなのか？」

咲良が端末に表示させたのは、宮坂が頼んだらしい昼食と夕食の出前のリストだ。

『交番の電話を使って頼むから、公に記録が残るんだ。交番で出前を取っちゃダメだというルールはないから、ニクマルもオレさまも気にしないけどね』

「《繭》に入る前は、たしかにみんなで出前を取ったりしていたしなあ」

《繭》当番だと、食事も用意されているのでそんな必要もないと思っていた。

宮坂の私生活を覗き見するようで気が引けたが、念のためにリストを見てみる。

「ほとんど最初の週だな」

『そうだな。昼も夜も出前だった』

昼はハンバーガーやラーメン。夜は焼き肉や寿司を取っている。妙なのが、交番の近くの店ではなく、宮坂の自宅近くにある店に頼んでいるということだ。

「どうしてわざわざ——。お気に入りの店なのかな」

飲食店も《繭》のあいだ店舗営業はできないが、出前営業はできる。運ぶのはドローンや自動運転バイクだ。やっているのは、自宅と店舗が一体化した飲食店がほとんどだ。なかには、店舗に当番を四週間ずっと泊まりこませる店があって、さすがに違法行為ではないかと調査が入ることもある。

『どれかに電話してみろよ。なにかわかるかもしれない』

昼はカップ麺にしたので、まだ少しなら食べられそうだ。ハンバーガーショップに電話してみると、明るいハキハキした女性が応答した。

ネットのメニューを見ながらスペシャルバーガーという商品を頼み、七曜駅前交番だと言うと、彼女はすぐに思い当たったような声を上げた。

『ああ！　今日は、ご自宅のほうにもお届けしますか？』

「ご自宅——？」

宮坂は、自宅にも同じ店から出前を届けてもらっていたのだろうか。

「すみません、前に注文したのとは違う人間なんですけど、ちょっと詳しいことをお聞きしてもよろしいですか」

最初渋っていた女性は、先輩の誕生日に肩の凝《こ》らないプレゼントを贈りたくて、食事がいいかなと探しているのだという説明を信じたらしく、教えてくれた。

宮坂は、同じ店で家族三人分の食事を注文し、自分の分は交番へ、妻子の分は自宅に届けてもらっていたそうだ。

『家族一緒に、同じものを食べたいからとおっしゃっていましたよ』

それで自宅に近い店を選んだのか。ひょっとすると、家族のリクエストだったのかもしれない。交番の近くの店なんか知らないだろうから。

念のためにラーメン屋にも電話してみた。注文はせず、宮坂の注文内容が交番と自宅の両方に届けるものだったと確認だけした。

「ほかもみんな同じだろうな」

『宮坂ってさあ。なんかちょっとー、家族にべったりな感じだな』

「いいじゃん。家族の仲がいいんだろ」

『まあなあ』

「ニクマルがなにか言ってるのか？」

『オレさまの意見だよ、ったく』

なにが気に入らなかったのか、咲良はモニターに八つ当たりして軽く蹴《け》りを入れ、デスクから飛び降りて交番の隅で丸くなった。

——なにをスネてるんだろう。

しばらくしてドローンがコーヒーとともに交番に届けてくれたスペシャルバーガーは、宮坂家御用達だけあって、ぶ厚いパティとスライストマトとチーズが食べ応えのあるバンズ三段重ねの、忘れがたい濃厚な美味しさだった。おなかもいっぱいになった。

しばらく交番のなかがバーガーショップみたいな匂いに満たされていたが、誰も来ないからまあいいだろう。

交番業務はふつうに行う。

道を尋ねる人はいないし、拾得物を持ち込む人もいないから、平和なものだ。

管内で一一〇番通報があればこちらに連絡が来るが、今日はそれもない。あと五日で《繭》が明けるはずなので、もう少しの辛抱だとみんなおとなしくしているのだろうか。

巡回など通常業務のかたわら、宮坂の失踪について考える余裕はたっぷりある。

《繭》当番になってから三週間と少し、宮坂の勤務はこれまで七回あった。今日が本来なら八回めだったのだ。

最初の二回は、昼食と夕食のどちらも出前を取り、家族のいる自宅にも同じものを届けてもらっている。

宮坂はハンバーガー店の従業員に、『家族一緒に同じものを食べたい』と話した。

最近の四回は、巡回ルートに自宅前を組み込んで、ほとんど毎回のように自宅まで行っていた。近所の人の話では、通りからじっと自宅を見ていたそうだ。

咲良は宮坂が家族に「べったり」だと言った。こう言ってはなんだが、たしかに執着に近いものを感じる。

今日は、交番に宮坂宛の荷物が届いた。開けてはいないが、ボードゲームのようだ。子

ども への プレゼントかもしれない。

今朝は出勤せずに姿を消し、朝から自宅の庭に潜んで通報された。

「キーワードは『家族』――だな」

だが、事情を聞きにいった宮坂家では、妻の態度はそっけなかった。会ったときにはこういう人なのかなと思っていたが、宮坂の家族に対する言動を知ってから思い返すと、思いが一方通行な感じがする。

『アキオはどうなんだよ』

あっという間に夜になり、夕食も食べた。咲良を自転車の前かごに乗せ、四回めの巡回に出ながら声に出して検討していると、ぶすっとして咲良が尋ねた。

「どうとは？」

『家族だよ。アキオの家族はいないのかヨ』

「両親はどちらも県内にいるけど、離婚してそれぞれ別の家庭を持ったからなあ。大学は東京に行ったから、そのころからなんて言うか、お互いに独立してる」

ふだんから、正月にビデオチャットで喋るくらいだから、《繭》になっても特に変化はない。今回も《繭》の当番に選ばれたと知らせたら、名誉なことだと勘違いしたのか、母親がえらく喜んでいた。

向こうには現在の夫や妻、子どもがいるから、連絡を取るのも気を遣う。

そう言えば、二回続けて《繭》の当番に選ばれたのは、家族がいないからに違いない。ひとり暮らしが長いから、寂しい思いをしなくてすむだろうという深謀遠慮《しんぼうえんりょ》だ。

「宮坂さん、ひとりでも平気そうなことを末次課長に言ってたもんなあ」

宮坂は強がりを言う癖《くせ》があって、上司にはもちろん、同僚や後輩にも弱みを見せない。それが災いして、《繭》の当番に選ばれたのかもしれない。

巡回はなにごともなく終わった。感染者が行き倒れたりしていないし、空き巣と鉢合わせたりもしないし、落とし物も見つけないし、犬の糞《ふん》が落ちていたりもしない。平和なものだ。

交番にもどると、デスクの上に小さな紙袋が置かれていた。

「なんだろう」

誰かがここまで入ってきたのだ。ちょっと驚いたし、不安にもなった。

紙袋はパステルグリーンの可愛いデザインで、中に紙の箱がひとつと、手紙が入っていた。いまどき手紙だなんて、ずいぶん古風だ。

不審だったが、好奇心が湧いて手紙を開いてみた。ていねいな文字がつづられている。

『水瀬さま。先ほどは小銭入れを拾ってくださって、ありがとうございました。まだ下手なんですが、お菓子を焼いてみました。こんな時期ですが、良かったら召し上がってください。今日の体温は三十六度でした。城川ユイ』

——城川さんか。

もう午後九時近い。午後八時からのタンタンの散歩にかこつけて、これを交番まで持ってきてくれたのだ。彼女の家は交番から二ブロックも離れていないから、ここに来るのはかまわない。だが、交番の中まで入ったのはいただけない。

『外から見て、誰もいないとわかって入ったなら法的には許される。交番は公共の空間だから』

咲良がニヤニヤしながら言った。

「なに笑ってる。おまえがよけいなことを城川さんに吹き込むからだぞ」

城川の紙袋をファイルキャビネットの隅に置くと、咲良が心外そうに飛び上がった。

『食べないのか？　せっかく持ってきてくれたのに！』

「体温は平熱みたいだけど、万が一、彼女がウイルスに感染していたらどうする？　この袋にだってウイルスが付着しているかもしれない」

『ほんとに難儀だな、人間ってのは』

「だから《繭》ができたんだろ」

外から帰ったばかりだし、城川さんの紙袋や手紙にも触れたので、しっかり手を洗う。せっけんを泡立て、爪のあいだまでていねいに洗い落としていると、ふいに咲良がつぶやいた。

『次の巡回は深夜だよな』

「うん？　そうだな。一時くらいに行こうかなと思ってるけど」

『日付が変わるころにしなよ。そのころ宮坂の自宅前を通れば、たぶん宮坂の失踪の理由がわかるだろうってニクマルが言ってる。《こまゆ》を着ていけって』

驚いて、爪のあいだをこすっていたブラシを洗面ボウルに取り落とした。

「えっ、《こまゆ》を？」

《繭》の期間に、誰かを逮捕するときなどに制服の上から着用する、透明なヘルメットつきの防護服だ。

五回めの巡回を十二時に行うことは、なんの異存もなかった。

五回めの巡回は、咲良の勧めに従ってパトカーで行った。

少し離れた場所に車を停め、宮坂家のある通りまで歩いた。

『パトカーは目立つからな』

咲良がさっそうと前を歩きながら説明する。

「咲良、どういうことだ？　おまえ何か知ってるんだろ、宮坂さんが今どこにいるか」

『どこにいるかは知らないよ。でも、どうして姿を消したかは、なんとなくわかる』

いいかげん教えろよと言いたかった。だが、それはニクマルと咲良のあいだの複雑怪奇な約束ごとに縛られているようだ。

七曜市は、星がきれいに見える町だ。田畑が多い。繁華街もあるにはあるが、比較的早い時刻に閉める店が多いので、明るすぎない。

《繭》に入ってからは、通りから人間の姿が消えたからか、市の北側にある山から野生動物が下りてくる。《繭》入り三週間も経った今では、たまに猿が通りを走っていることもある。

自然を身近に感じられる町なのだ。

街灯はほとんどないのに、月の光と各家庭の門灯のおかげで通りの見通しは良い。

『アキオ、声を出すなよ。静かに近づくぞ』

咲良が戒めるようにこちらを見上げた。うなずき、黙って歩きだす。

宮坂家の表札が読めるくらいまで近づくと、咲良が足を止めた。

『――庭に誰かいる』

それとわからぬくらいの小声でささやく。

――宮坂さんか？

近づきたかったが、咲良が静かにしろと言いたげに振り向き、前肢を唇に押し当てた。

咲良には何か考えがあるらしいが、どのくらい待てばいいのかわからなかった。庭にいるのが宮坂なら、交番に連れて帰りたい。

本当に宮坂が自宅の庭に潜んでいるのだろうか。どうして？

宮坂家の窓は、二階がすべて消灯されて真っ暗で、一階のリビングらしい部屋だけぼんやりと明るんでいる。

ふいに、隣家の玄関が開いた。ダンサーみたいに派手な服装の氏家が、跳ねるような足取りで庭に出て、軽く助走をつけると宮坂家との境界にある柵を、ひょいと乗り越えた。

「――――！」

あやうく叫ぶところだった。あいつ、なにを考えているのだろう。

咲良が『待て』と言うように、前肢を横に伸ばしてじっと腰を下ろして動かない。

宮坂家の玄関ドアが開いた。宮坂の妻、キララが現れ、笑顔で氏家の首に両手を回した。

「遅かったわね。子どもはもう寝たわ」

「そう？　良かった。ワイン持ってきた」

――なんてこった。浮気か。

咲良とニクマルが言いだせなかった理由も、なんとなく理解した。宮坂がニクマルを止めていたのだ。

氏家がシャツのふところからボトルを出し、笑い声が聞こえた瞬間、ヒイラギの陰から、ぬっと立ち上がる影があった。

「おい！」

——宮坂だ。

キララと氏家が凍りつく。

宮坂は立ち上がって鋭く声をかけたものの、しばらく無言だった。キララたちはすくんだように立ち尽くしている。

「——なんでタカシがここにいるの。今日、交番に行かなかったんだって？」

キララが声を振り絞って尋ねた。

「嘘だと思いたかったんだよ！」

宮坂が噛みつくように叫んだ。氏家に殴りかかるのではないかと、ちょっと緊張した。

「キララとそこの男が、この《繭》のなか、ここそ自分ちで会ってるなんて、信じたくなかったんだよ！」

「信じたくなかったたって——あっ」

キララが驚いたように振り返った。もう寝たと言われていた少年が、枕を抱いて階段を下りてくるのが見えた。

「僕が昨日、パパにメールしたんだ。帰ってきてって」

途方に暮れた大人たちのあいだをすり抜け、少年は宮坂に近づくと、「パパ、お帰り」と言った。宮坂がその頭を撫で、ぎゅっと肩を抱きしめたとき、咲良がきびきびと振り向いた。

『おい、行くぞ』

すっかり咲良が仕切っている。猫のしなやかさで、三段の階段を駆け上がる咲良に続く。

宮坂が足音に気づき、複雑な表情を浮かべた。まさか後輩に、こんな現場を押さえられるとは予想もしなかったと言いたげだ。

驚いたのはお互いさまだった。

「宮坂さん、お疲れさまです。捜してました。一緒に交番まで行きましょう」

「いや、行かない。俺はこのふたりの話を聞くまで、どこにも行かないからな」

宮坂は、言いだすと意外に頑固だ。怒るのは当然だし、慰めはかえって火に油を注ぎそうで怖い。どう説得しようかと考えていると、ガラスの割れる音がした。

キララが、氏家のワインボトルを取り上げて、石畳に叩きつけた音だった。ガラスの破片が庭先に飛び散った。

「今さら何を聞くっての!?」

切りつけるような声。あるいは悲鳴のような。これほどわかりやすい浮気の現場を押さえられて、ぐうの音も出ないと思ったのに、彼女は開き直ったんだろうか。

「今までこっちの話なんか聞こうともしなかったくせに！」

「なんだと！」

「まあ、まあ、まあ！」

気色《けしき》ばむ宮坂と妻のあいだに急いで割って入り、サンドバッグになる覚悟を決める。打たれ強いほうだとは思うが、こういうケースは未経験だ。

「宮坂さん、落ち着いてください。とにかく交番に行きましょう。話はそこで。ええと、宮坂キララさん、氏家さん、おふたりはそこから動かないでください。すぐパトカーを回しますから、交番までご足労願います。お子さんも一緒にどうぞ」

「どうして私たちが交番になんか！」

悲鳴のような声を上げたキララに、咲良が腕組みする。

『この場で逮捕されるのとどっちがいい？』

「逮捕？」

『《繭》管理法の三十一条。《繭》の期間に、十七条で認めた理由以外でみだりに敷地の外に出た者と、それを幇助《ほうじょ》した者は、三年以下の懲役または五十万円以下の罰金に処す。十七条で認められた外出理由に、浮気ってのは入ってないからな』

効果はてきめんだった。

咲良をふたりの監視に残し、宮坂の腕を引っ張ってパトカーに戻った。子どもは宮坂についてきた。自宅に子どももひとり残すわけにはいかないが、宮坂と一緒にするのも良くない。だが、キララに引き渡す気にもなれない。

「《繭》がなかったら、もう少し長く続いたと思うんだけどな、俺たち」

宮坂がつぶやく。

彼の先に立って歩きながら、なぜかちょっと涙が出た。

《繭》の期間の逮捕者には、フルフェイスのヘルメットをかぶってもらう。パトカーの中が密になるので、そういう決まりなのだ。

宮坂は、自分から進んでかぶった。子どもにはマスクをつけさせている。

キララと氏家にもヘルメットをかぶらせた。

ふたりは後部座席に座らせ、宮坂と子どもは助手席だ。子どもを宮坂に抱かせているのは道路交通法違反だけど、逮捕すべきふたりのあいだに、子どもを座らせるわけにもいかない。ほかのパトカーの応援を呼ぼうにも、とにかく人手が足りないのだ。

ふだん助手席に座る咲良は、車内のほうを向いてグローブボックスの上に寝そべり、宮坂と子どもや、キララと氏家の様子にも目を配っているようだ。

逮捕するという咲良の脅しが効いたのか、交番に着くとキララたちは素直に事情を打ち明けた。宮坂を交番裏の休憩室に入らせて、居場所を分けたのが良かったのかもしれない。

なんのことはない。三週間、宮坂が留守にしているうちに、隣の氏家がキララに言い寄ったのだ。

「タカシくんはいい人ですけど、昼も夜も同じものを交番と家で一緒に食べようとか言いだして。ふだんは仕事一辺倒《いっぺんとう》なくせに、こんなときだけ家庭を大切にしたいとか、まるで自分だけが息子のことを考えてるみたいな言いぐさで。執着心がうっとうしいし、腹が立って」

キララは涙を拭きながらまくしたてた。

氏家は、半年ほど前に妻が出て行ったそうだ。あの家に独身者がひとりで住んでいると聞いて、違和感を覚えたのは間違いではなかった。

「敷地を出たと言っても、公道は通ってないですし。ほんのちょっと、隣に行っただけじゃないですか」

氏家の言い訳は情けない。

「規則は規則ですから」

「でもさあ」

「──《繭》でなかったら、こうはなりませんでしたか」

キララの目を見て尋ねると、彼女は新たに湧き出した涙で顔をぐしゃぐしゃにしながら、泣き崩れた。

「そう思う。こんなことにはならなかった。みんな《繭》のせい。《繭》が悪いの」

『誰かのせいにするやつは、いつまでたっても大人になれねえよ』

ふたりが逃げられないように、交番の出入り口をふさいでいる咲良が、あくびをしながらぼそりと言い放った。


休憩室に行くと、畳の上で宮坂が子どもと真剣な表情でチェスをしていた。

「おう、水瀬。この荷物、受け取ってくれてありがとうな」

「いえ、そのくらいのことは。ところで宮坂さん、奥さんと氏家さんは、微罪ということで在宅起訴になりそうです。留置場に入れるほどの罪じゃないですから」

「——そうか」

「宮坂さんは、いったいどこにいたんですか」

「俺も罪に問われるのかな」

しばらく考えてみた。子どもが心配そうにこちらを見上げている。

「宮坂さんはまず、無断欠勤です」

「うん。ごめんな、水瀬に二日連続で勤務させて」

「あと、たとえご自宅であっても、《繭》の期間に上番中の警察官が、勝手に庭に入るのは問題があります」

「わかってる。《繭》のルール違反だな」

「——それに日中、どこにいたかによっては、罪に問われる可能性もあります」

「たぶん、罪になるな」

吐息とともに白状した。自宅の近くに空き家があり、無人だと知っているので、勝手口から入り込んで時間をつぶしていたそうだ。

「それ、住居侵入罪ですよね」

「どうかな。持ち主が死んで、所有権が宙に浮いてる物件なんだ」

だからって勝手に侵入していいはずがない。首を振り、畳に腰を下ろす。

――自分が逮捕しなくてはいけないのだろうか、宮坂を。

「聞こえてましたよね、隣の部屋の会話」

いちおう壁はあるが、仕切りが薄いので会話は筒抜けだ。

「昨日の夜、この子からメールをもらったんだ。氏家のやつが、夜になると家に来るって」

ひどい話だが、宮坂は淡々と話している。

「迷ったけど、夜中に出歩くのは避けて、早朝に自宅にもどってみた。だけど、到着が遅かったんだな。氏家のやつ、もううちを出て隣にもどった後だったらしい。あとのことは、おまえも知る通りだよ」

「課長に事情を報告しますけど、おそらくひとまず《繭》勤務を解かれて、自宅謹慎になると思います。逮捕とまでは言われないと思いますが、在宅起訴くらいはあるかもしれません。感染していないかどうか、念のために検査を受けてからでしょうけど」

「――だろうな」

「もしご自宅にもどるのは困るとのことでしたら、居場所の変更を申請しますけど」

「いや、いい。祐がいるから自宅にもどるよ」

宮坂は、息子の頭を撫でた。

「《繭》って、中にいる人間には当たり前の環境だろうけど、外から見るとすごく幸せそうに見えるんだよな」

「巡回の途中に、何度もご自宅の前を通ったそうですね」

「バレてるか。そうなんだ。あいつと祐が、楽しそうに話しているのを窓越しに見て、疎外感で胸が締めつけられるようだった。出前を取って同じものを食べたりして、少しでも一緒にいる感じを味わおうとしたけど、無駄だったよ。俺はあの中に入れない。入れないんだって」

――あと五日だったのに。

その言葉が喉元までせり上がってきたけれど、口にはしなかった。宮坂だってわかっているのだ。でも、耐えられないこともある。

「やっぱり《繭》のせいですかね」

宮坂が首を横に振った。

「そうじゃない。《繭》が悪いわけじゃないんだ。俺たちが愚かなんだ。隣の芝生は青い。いつだってそうじゃないか。自分の置かれた環境より、誰かの環境がうらやましくてしかたがない」

たぶん、氏家もそうだろう。妻が出て行って、ひとりぼっちになった目で隣家を見れば、幸せそうな警察官一家がいた。

知らなければ他人は幸せそうに見える。本当はその幸せそうな一家が、内側になにがしかの嵐を抱えていても。

深夜だが末次課長に連絡すると、まだ起きていたらしく、ナマケモノ顔の課長は半分泣きそうな顔でビデオチャットに出た。宮坂が見つかったのは朗報だったが、自宅でのことを説明すると、半分泣きそうだった顔が八割がた泣きそうになった。

『誰かが《繭》のあいだ町を守らなきゃいけないから、宮坂君も頑張ったんだろうけどね。つらいよね、そう言われちゃうと』

課長の許可を取り、全員をパトカーで自宅まで送ることにした。もちろん氏家は氏家の自宅へ、送り届ける。ただし、宮坂とキララ、氏家の足首には、居場所を通知するリングをはめさせた。在宅起訴用だ。

交番から彼らの家まで五分とかからないのに、そのあいだの沈黙が重い。咲良もダッシュボードに寝そべり、目を閉じている。

氏家を家の前で降ろした。

「必ず連絡が取れるようにしてください。氏家さんは、もうぜったいに敷地から出ないでくださいよ」

「わかったよ」

不承不承といった態度を見せていたが、おそらく本心ではホッとして、自分の家にもどっていった。あとは宮坂家の三人だ。

「必ず警察と連絡が取れるようにしてください。敷地から出てはいけません」

キララはふてくされた顔で横を向いている。

「宮坂さん。もし何かあったら、僕の休みの日でもいいですから、連絡してください。僕のいる警察寮、まだ空いてる部屋がありますよ。必要なら申請しますから」

「わかった。ありがとう」

――ひょっとすると、もう会えないかもしれない。

どんな処分が宮坂を待っているのかわからないが、七曜駅前交番にもどれるかどうかも怪しい。

三人が車を降りると、咲良がダッシュボードから助手席にぴょんと飛び降り、訴えかけるような目で宮坂を見つめた。

ふいに、宮坂が振り向いて、咲良の頭を撫でた。

「ごめんな、ニクマル。今までありがとう」

ハッとした。咲良は何も言わなかった。

いや、咲良と同じ顔をしているけれど、それはおそらくニクマルだったのだ。宮坂のパートナー、好奇心が旺盛で真面目な優等生。銀色の目が鈍く光り、まるで潤んでいるように見えた。

彼も、宮坂に別れを告げるために現れたのだ。


交番にもどると、午前三時を過ぎていた。

本当なら仮眠を取る時間帯だが、二日連続の勤務で疲れすぎているためか、あるいは宮坂の件があって神経が高ぶっているせいか、眠くない。

もう、勤務終了時刻まで起きているほうが楽そうだ。

「咲良、日報を作って」

『おう』

咲良はもう咲良にもどっていて、デスクに飛び乗ると、複雑な一日を時系列の報告書にまとめて日報データを作成する。あとはそれを確認し、担当警察官としての所感を追記し、末次に知らせればうまくやってくれそうなことも提案として記入しておく。

宮坂には医者の助けが必要だ。

《繭》が想像以上に彼の心を蝕《むしば》んでいる。

「――疲れたな」

思い出して立ち上がり、キャビネットの隅からパステルグリーンの紙袋を取り出した。お茶を淹《い》れ、城川ユイが焼いてくれた菓子を取り出して、ひとつかじる。

――甘い。

甘いものはそれほど好きではないけれど、疲れた身体と脳に、糖分がじんわりしみ込んでくる。城川は菓子づくりが「まだ下手」だと書いていたが、マドレーヌの形は美しいし、焼き色もしっかりついているし、なにより心をふんわりくすぐるような甘味と香りが申し分ない。

小銭入れを届けた警察官のために、わざわざ焼いてくれたわけではないだろうけど、これは役得だった。

彼女の頰《ほお》から顎にかけてのラインにふわふわまとわりつく、ゆるくカールした髪を思い出す。

『あーっ、なんだよ。ウイルスが付着してるかもしれないから、食べないとか言ってたんじゃなかったのかよ』

咲良がすねた子どものように口をとがらせ、言いがかりをつける。

「レポート読んでないのか？　例のウイルスは、付着して数時間で死滅する。特にこういう菓子みたいなものでは早く消えるんだ。だから、もう大丈夫」

澄まして言ってやると、咲良が一瞬あっけにとられ、それからわざとらしくニヤニヤして、デスクに腹ばいになった。

『ふうううん。あっ、そうなんだ。ふうううん』

咲良の嫌みは無視して、ふたつめの菓子を取り出した。たいへんだった一日の締めくくりとしては、悪くなかった。

第四話　猫の手は借りられない

——《繭》のあいだの当番は、今日を入れてあと二回の予定だ。

今週末で、四週間の《繭》は終了する。締めくくりに向けて、そろそろ政府も動き出すころだ。

手始めに、今日は交番にワクチンが届いた。専用の宅配ロボットが、各戸に配っていく。警察官、医療従事者、救急隊員、消防隊員、自衛官、インフラの運用スタッフなど、わけあって《繭》に入れない人々から、優先してワクチンが届く。

小さな段ボール箱を開けると、緩衝材《かんしょうざい》に包まれたプラスチックケースがあり、さらにその中に、ワクチンの入った小さい注射器がおさまっている。注射器と言っても、医療の心得のない素人が扱えるよう、肩先にハンコを押す要領でポンと当てるだけでいいという、よくできた代物だ。

休憩室で制服の上着とシャツを脱ぎ、ワクチンを接種しているところを、咲良が興味津々で見つめていた。

『それ打つと、例のアレに感染しなくなるのか？』

「感染しにくくなるんだって。感染しても、ほとんど重症化しなくなるし」

『それをみんなが打ち終われば、《繭》が終わるんだな』

「厳密には『みんな』じゃないけどね」

『打っても大きな問題が起きない人だけな』

咲良は休憩室のテーブルの上で丸くなった。目を半分に細め、銀色のまぶたがかすかに震えている。喜んでいるようでもあり、寂しそうでもあり、複雑な表情に見える。咲良の目に、まつげがあることに初めて気がついた。

ふと、思い当たった。

「《繭》が終われば、咲良はどうするんだ？」

『――さあ。次の《繭》まで寝るのかな』

猫型警察ロボットは、《繭》のあいだ、ひとりぼっちで交番勤務にあたる警察官を補佐し、心を守るために開発された。

――《繭》が終われば、ふつうの交番勤務に戻るのか。

たった三週間と少し前のことなのに、ふつうがどんなだったか、よく思い出せなくなりつつある。人間は、こんなに環境に順応しやすい生き物だったのか。

《繭》が明けると同時に、春が来る。それはなんだか、得をした気分だ。

そういえば、昨日は二日連続の勤務が明けて、夕方まで倒れるように眠った。起きたら学生時代の友達の佐古が電話をかけてきて、《羽衣》で長いあいだしゃべっていた。

例の、アニメの脚本家をやっている男だ。

（オレなんか、もともと引きこもりだからさ。《繭》になっても、なんにも変わらないよ）

佐古は、そう言い放つと自慢げに鼻をこすった。

（そういやおまえ、学校でも授業はほとんどオンラインで受けてたな）

（だって、家から出たくねえもん）

そんな佐古と出会えたのは、「エンターテインメントの歴史と経済施策入門」という、大学の名物講義が開講される日だけ、この男が教室に来たからだ。

（あの講義は教授が現物を持ってくるだろ。超貴重な紙の漫画本とか、プラモデルとか。あれを見逃す手はないよな。映像じゃなくて実物を見せてもらわんと）

そう言えば佐古は、体育の授業にオンラインで参加できないのはおかしいと、教務課に真剣に詰め寄って半月くらいもめていた。

（佐古は《繭》でも家で仕事できるんだろ）

（アニメの脚本書いてるよ。打ち合わせもビデチャで何の問題もなくできるし、家から出なくていい仕事ってサイコー。たまに、外で飲み会やろうっていう監督がいるんだけど、ほんと外に出るのめんどくさいのよ。だから、このまま《繭》が終わらなきゃいいのにな。

オレ、このまま《繭》の中にいたいよ）

――佐古みたいなタイプもいる。

人口の何パーセントが、彼みたいに一生、家の中に引きこもって暮らせれば幸せなのか知らないけれど、そういうタイプに《繭》は天国だろう。

『そういや、明日は宮坂の代わりに、アキオの同期が入るんだったな』

思い出したように、咲良が耳をピンと立てた。

「うん。松永の番は、明日の一回だけだろうけど」

――《繭》が終わる。

考えると、わくわくしてきた。

どうせこっちは《繭》に入れないし。

この奇妙にのんびりしていて不自由な暮らしと、ようやくお別れだ。事件でも起きないかぎり、警察官でも生きた人間とは直接会えない。《羽衣》で喋ったり、ゲームをしたりはできるが、肩を抱いてビールを飲んだり、バーベキューをしたりはできない。

――よーし、こんな生活とはおさらばだ！

心の中でガッツポーズをする。

気になるのは、新型ウイルスの感染者が、少数ながら今でも現れることだった。

――新規感染者はゼロになるはずなのに。

今でもときどき、反《繭》の活動家が他人の敷地に侵入して逮捕される。確たる理由はないらしいが、《繭》のルールに従うのが嫌なのだ。

ルールを破るのがかっこいいと思っているなんて、子どものようだ。

「そろそろ行くぞ、咲良。パトロールだ」

マスクとフェイスガードを身に着け、デスクでのんびりしている咲良に声をかけた。

『おう！』と威勢よく飛び出しかけた咲良が、急に目を緑色に光らせて、立ち止まった。

『ちょい待ち、アキオ。緊急発表だ』

「緊急発表？」

咲良は直接、受信したようだ。

咲良がモニターをつけると、首相官邸の静止画像を背景に、『ニュース速報』のテロップが流れた。女性ニュースキャスターの映像が現れたが、このキャスターは人工知能が作りあげた、実在しない人物だ。

視聴者が喜ばないニュースを伝えるときに、ＡＩキャスターが使われる。実在するキャスターのイメージを守り、視聴者からの悪意や攻撃を避けるためだ。

当然ながら、悪い予感がした。

『政府は先ほど、《システム》の計算結果を受け、《繭》の延長を発表しました。延長となる期間は、最短で一週間とのことです。くりかえします、政府は先ほど――』

——嘘だろう。

呆然《ぼうぜん》とモニターを見つめた。

《繭》が、終わらない。


そうして、なにかが始まった。

今週末で終わるはずだった《繭》が延《の》びた。とりあえず、一週間だけ。

咲良をつれて巡回に出ると、町の空気がピリピリしていた。見える範囲には誰もいないのだが、苦いような、カラいような空気が伝わってくる。

「なんか、変なふんいきだな」

『ふんいきって？』

咲良が自転車の前かごで首をかしげる。

「町全体に緊張感がみなぎってるというか。妙に静かだし」

『——うーん。騒音レベルは《繭》に入ってすぐ後の三週間と変わらないけどな。だけど、たまに怒鳴り声と、破裂音みたいなのがあちこちで聞こえるかな』

「破裂音って？」

『ガラスが割れるような音だナ』

咲良が耳をひくひくとうごめかす。人工知能に「ふんいき」はわからなくても、環境音や話し声を分析して、見えないところにいる人間の行動を推測できるのかもしれない。

声のトーンに表れる苛立《いらだ》ち、むしゃくしゃする感情。不満、落胆。皿でも投げるのか、コップを壁にぶつけるのか。だから何か割れるような音があちこちでするのか。

たった一週間。それでも予定が狂うことに違いはない。

たとえば食料や日用品の備蓄が底をつく。休業中の店なら、営業開始が遅れる。美容室や歯医者の予約がキャンセルになる。

それよりなにより、あと数日で《繭》が明けると楽しみにしていたのに、あっけなく期待がくつがえされたのだ。

この感覚はなんだろう？

ああ、そうだ。裏切られた感じだ。

(裏切られた！)

このピリピリとした空気は、扉や窓を閉めた家の中で、そう感じている人たちの失望が漏れて滲んでいるのだ。

佐古などはむしろ、《繭》の延長を躍り上がって喜んでいるかもしれない。だが、《繭》入り前の「ふつうの」暮らしを愛する人ほど、耐えがたく感じるだろう。

たった一週間、されど一週間。

人間から希望を奪うのに、それだけの時間があれば十分だということか。

『――なあ、アキオ。あの家、なんか妙だゾ』

自転車の前かごで咲良が振り向き、過ぎ去る家のひとつを見上げている。

例の、緑の家だ。

《繭》に入ってすぐのころは、夫が二階の窓際でパソコンに向かって仕事をしていて、妻がときどき声をかけるのが外からでも見えた。仲のいい夫婦のようだった。

ここ何日か、シャッターが閉まったままだ。

「妙ってどんなふうに？」

自転車を停めて尋ねると、首をかしげていた咲良がうなずいた。画像や音声の解析が終了したのだろう。

『静かすぎる。この前のアキオの二連続勤務のあたりから、気持ち悪いくらい静かだ』

「あそこは夫婦がふたりで住んでいる家だろ？」

『そうだ。岡野《おかの》コウ、マリコの夫妻。夫はコンピューターの技術者、妻はコピーライターと申告しているな。ふたりとも勤務先の企業は東京にあるんだけど、七曜市に住んで地方都市ののんびりライフを楽しんでるってところだナ』

「それじゃ、ふだんからリモートで仕事をしてるんだ」

『たぶんな』

緑の家を見上げる。

壁はパステルグリーン、屋根は濃い緑色。窓枠は白のはずだが、今日はしっかり黒いシャッターが下りて隠れている。

黒々としたシャッターが下りた緑の家は、妙に不安をかきたてた。

「女優みたいな、すごい美人の奥さんがいた家だよな」

『おっ、なんだよアキオ。美女には興味があるのかよ。うしし、健康的だね！』

「うっさいな。窓辺にいて、ふたりでじゃれてるのを見かけたんだ。仲がいいなあと思ったんだよ。どうして、ずっとシャッターが下りたままなんだろう」

『このへんの家は、ふだんから雨戸やシャッターを閉め切っているし、カーテン閉めたまって家も多いけどな。《繭》でも窓を開けて、太陽の光を浴びたほうがいいんだけど』

セロトニンがどうしたこうしたと、咲良が講釈を垂れはじめた。

だが、緑の家がシャッターを閉めたのは最近のことだ。そういえば《繭》に入る前に、しばらく閉めていたこともあったようだ。あまり意識していなかったけれど。

「なあ、咲良。この家の周辺に異常がないか、見て回ってきてくれ」

《繭》の期間を狙う侵入盗《しんにゅうとう》もいる。前回の《繭》のときは、他県だけれど、一家三人を惨殺した侵入事件が発生し、《繭》が明けるまで二週間も発覚が遅れた。

『よしきた！　待ってろヨ！』

咲良は意気込み、自転車の前かごからしなやかに飛び出して、緑の家の門の隙間から、敷地内に潜り込んでいった。警察ロボを使って家屋の裏側の安全を確認することは許可されている。

『窓や雨戸はすべて閉まってる。外から見るかぎり異常はないゾ』

駆けもどってきた咲良が報告した。

「でも——物音ひとつしないってのも、異常だよな」

『うん。人間がふたり生活していれば、生活音ってのがするはずだ。いま午前十時だろ、仕事をしていればパソコンのキーボードをたたいているかもしれないし、コーヒーを淹れたり、昼食の支度を始めたりしているかもしれない。だけど、そういう音が聞こえない』

思い切って、緑の家のインターフォンを鳴らすことにした。

OKANOと金属板に彫りこまれた表札の前に立ち、インターフォンのボタンを押す。

『——はい』

カメラは切っているが、いつぞや見かけた女性らしい声が応答したときには正直すこし意外だった。若くてはつらつとした印象の女性の声にしては、ささやくようで沈んでいる。

「七曜駅前交番のものです。すみません、お忙しいところ申し訳ありませんが、ちょっとモニターでお顔を見せていただけますか」

『どうして——』

声がますます沈み、消え入りそうになる。迷ったが、ここは方便を使わせてもらうことにした。

「ご近所で、悲鳴を聞かれた方がいらっしゃるそうなんです。巡回しながら聞いて回っているんですが、なにか最近、おかしな声や物音など聞かれたことはありませんか」

『ありません』

「こちらにお住まいなのは、岡野コウさん、岡野マリコさんでしたね。あなたがマリコさんですね」

『――はい』

「そちらでは特に異常はありませんか」

『ございません』

「コウさんもご在宅ですか。少しだけでけっこうですから、インターフォンのモニターをオンにしてもらえませんか」

『――コウは昨夜、遅くまで仕事をしていて、今も寝ています。私は化粧もしていないので、すみませんが』

やんわりと断られた。たしかに、そういう場合もあるだろう。だけど、なんとなく妙なものを感じる。この家には何かある。マリコはなにかを隠している。

だが、今の時点で警察官がマリコに顔を見せるよう無理強いできる根拠はなにもない。向こうが訴えれば、警察官のハラスメント案件にされてしまうかもしれない。

「わかりました。突然お騒がせしました。気になることや、心配なことがありましたら、遠慮なくいつでも交番にお電話ください」

『ありがとうございます』

インターフォンが切れた。最後までモニターは表示されなかったし、緑の家のシャッターや窓が開くこともなかった。

「家の人が問題ないと言うなら、どうしようもないな」

自転車を押して歩きだす。窓を見上げていた咲良が、諦めたのか前かごに飛び込んだ。

「咲良はなにか聞こえた？」

『うーん。誰かいる感じはした。極端に静かな人たちなのかなあ。まあ、しばらく様子見かナ』

前かごに後ろ向きに立ち、名残り惜しげに緑の家を見つめながら、咲良がつぶやく。

気になることは多かったが、巡回ルートにもどって四つ角を曲がるとすぐ、ギョッとする光景が目に飛び込んできた。

「くそー！　ウイルスがなんだー！」

足元にビール瓶が飛んできて、アスファルトにぶつかってはじけ飛ぶ。

「矢でも鉄砲でも持ってこいー！」

こじゃれたイタリアンレストランの二階の窓を全開にして、体格のいいひげもじゃの男性がビールの空き瓶を思いきり外に投げているのだ。

『コラー！　なにしてんだよ、おまえ！　七曜市条例違反！　道路にゴミをポイ捨てするな！　逮捕するゾ！』

銀色の目を吊り上げた咲良が、猫ながら脱兎《だっと》のごとく窓の下に駆け寄った。たしかに、豪快なポイ捨てだ。

「猫のくせに人間の邪魔すんなー！　コンの化け猫！」

ビール瓶の破片が咲良の足元に飛び散り、身軽に空中に飛び上がって避《よ》けた咲良が、キッと睨んで牙をむいた。

『なにすんだヨ！　化け猫がとって食うゾ！』

「ちょっと！　落ち着いてください、そこの七曜駅前交番の者です——ええと」

急いで店名を探す。レストランの立て看板はしまいこまれているが、ドアの上にしゃれた筆記体のアルファベットで店名が書かれていて——これ、なんて読むのだろう。

『店名は「トラットリア・コロラッチオ」。店主の名前は、赤崎義治《あかさきよしはる》、四十六歳。店の二階と三階が自宅で、結婚はしてないけど奥山美夏《おくやまみか》、四十二歳と同棲中』

立て板に水で咲良が教えてくれた。

「赤崎義治さんですね！『トラットリア・コロラッチオ』の！」

男が意識をこちらに移した。窓の下まで近づくと、彼の顔が真っ赤で、かなり酔っているらしいことが見て取れた。

——この空き瓶の山、ぜんぶ自分で飲んだのかよ！

路上にはすでに、四、五本の空き瓶が砕けて転がっている。

「うるせえ、お巡りが！」

赤崎はわざとらしく盛大なゲップをした。

『あーあ。東京の名店で修業して三年前に店を出したらしいが、これじゃ名店の名が泣くよな』

咲良が鼻の上に皺を寄せる。

「赤崎さん、ガラス瓶なんて外に投げたら危ないですよ。《繭》だから歩いてる人は少ないですけど、犬の散歩に出る人がいますし。自動運転車のタイヤなんかパンクさせたら、あとあと面倒なことになります」

タイヤ交換の費用のみならず、レスキュー車出動費用や、運搬中だった商品を弁償させられる可能性だってある。

警察官の冷静な態度に接し、それに費用の話を持ち出されて鼻白んだのか、赤崎は空き瓶を握ったままこちらを見下ろした。

「今おひとりですか？　ご家族がいらっしゃるなら、ご家族と話してください。《繭》は延長になりましたけど、必ずいつかは終わります。もうすぐワクチンも届きますから」

「いつか終わるじゃ、やってられねえ！　お巡りは《繭》でもかまわないだろうが、こっちは《繭》が明けるまで店を開けられねえんだよ。やってられるか！」

　赤崎が真っ赤な顔でおいおい泣きはじめると、奥から現れた気性の強そうなオレンジ色の髪の女の人が、そっと彼の肩を抱いてこちらに頭を下げた。

「すみません。この人、お店の再開をとても楽しみにしていたんです。今朝の《繭》延長のニュースを聞いてヤケを起こしちゃって。あとでちゃんと言い聞かせますから」

「ありがとうございます。奥山さんですね」

　うなずいた彼女のオレンジ色の髪は、男の子みたいに短く切っているけれど、首の後ろだけ長く伸ばして細い三つ編みにしてあって、うなずくとぴょんと跳ねて肩の前に下りてきた。

「奥山さん、すみませんがもうひとつ頼まれてください。道路にビール瓶の破片が飛び散っていて危険なので、清掃局に電話して掃除を頼んでもらえませんか。少し料金がかかると思いますが」

「ああ、そうですね。わかりました。やっておきます」

「よろしくお願いします」

　会釈して、「トラットリア・コロラッチオ」の前を離れた。しっかりしたふんいきの彼女なら、まちがいなくやってくれそうだ。

外出できないので、家の前に落ちているゴミを拾うだけでも、清掃局の掃除ロボットを呼ばなきゃならない。

少し離れた向かいのマンションの三階で、ベランダからこちらを覗き込んでいる女性が見えた。遠目だが、四十代か五十代くらいの人に見えた。目が合うと、向こうがなんとなく頭を下げて、すっと室内に引っ込んだ。

赤崎の怒鳴り声を聞いて、なにごとかと心配したのかもしれない。

『あいつ、お巡りお巡りって失敬だな！』

咲良が鼻息も荒く吐き捨てた。

「お巡りさん」という言葉は、馬鹿にされていると感じる警察官もいるので、今となってはほとんど使われない。「お巡り」は明らかに罵倒語《ばとう》だ。

「言葉に気を遣ってられないくらい、本人の心が病んでるってことだよ」

『警察官は《繭》でもかまわないだろうってのも、そうとう失礼な言いぐさだゾ』

「まあなあ」

自転車を押して行きながら思い出した。あの店で食べたことはまだないが、三年前に開店したときは、行列ができるくらいの人気店だった。

――つらいよなあ。

《繭》の期間は、一種の徳政令《とくせいれい》みたいなものが出されて、家賃や光熱費などの経費を申請すれば国と地方自治体が補助してくれる。個人でも法人でも対象だ。年金や健康保険料などもこの期間だけは免除だ。

多くの大企業や工場は、《繭》に入っても仕事を続けられるよう、ふだんから機械の遠隔操作や在宅勤務などを推進しているから、影響も最小限ですむ。

だが、飲食店や中小企業などはそうもいかないケースがある。テイクアウトに切り替えられる飲食店はいいが、できない店は《繭》の間ずっと、休業だ。中小企業も在宅勤務できないなら、休業するしかない。そのあいだの給料を払えない店や企業だってある。

だから、非常食や日用品の準備さえしておけば、どうにか《繭》の期間をしのげる態勢を、国が整える必要があったのだ。それすらも経済的に難しければ、申請すれば地方自治体から食料が届く。

とにかくみんなで生き延びて、そして短期間にウイルスを抑え込むこと。それが《繭》の基本的な考えかただ。

今の「トラットリア・コロラッチオ」だって、経済的には《繭》を乗り越えられるはずだが、問題はそれだけではないのだろう。

料理人は、料理をつくることが喜びなのだ。それを美味しいと言って食べてくれる人がいて、幸福感が増幅《ぞうふく》される。

長期にわたり店を閉めると、常連客が離れてしまうのも不安だろう。人気店ならなおのこと、人の心の移ろいやすさも知っているだろうから。

「《繭》の延長は、あまり例がないよなあ」

『うん。《繭》システムが完成してから、これが二回めだナ』

「本来、感染拡大を短期間で抑え込むために《繭》のしくみが開発されたんだもんな」

四週間の《繭》さえ終われば、もとの生活に戻れる。その希望があるから、みんな黙って従うのだ。

『七曜駅前交番の水瀬さん！』

ふいにどこかから呼びかけられて、きょろきょろと周囲を見回した。

『ここです、ここ！　右側のマンションのインターフォンを見てください』

言われてやっと、モニターが明るくなっていることに気がついた。

「城川さん！」

インターフォンの小さな画面から、城川ユイが手を振っている。彼女の自宅は、そう言えばこのマンションだった。

以前、咲良が彼女の落としものを拾って届けて、お礼にお手製の菓子をもらったことがある。

『こんにちは。咲良ちゃんもご一緒ですね。いま玄関を開けますので、咲良ちゃんに少しだけ入ってきてもらえないでしょうか』

「咲良ですか？」

『任せとけ！』

なんと思ったのか、咲良が喜び勇《いさ》んで前かごから飛び出し、開いたばかりのマンションのエントランスに入っていった。

画面から城川の姿も消えた。

『預かってきたゾ』

しばらくしてもどってきた咲良は、得意げにパステルグリーンの紙袋をくわえていた。しかも、首にレースのリボンを巻いている。

『お口に合うかどうかわかりませんけど。お菓子を焼いてみたので、また味見をお願いできませんか。今回はレモン風味のチーズケーキです』

前回もらったマドレーヌは、とても美味しかった。だけど、《繭》の期間に住民からこんなものをもらってしまっていいのだろうか。さすがにケーキくらいで、賄賂《わいろ》だと目くじら立てる人はいないと思うけれど。

「城川さん。今回はありがたくいただきますが、本来は良くないことだと思いますので、もうこういうお気遣いは」

『――そっか。《繭》ですもんね。ごめんなさい、私、考えなしで』

しゅんとしょげている城川が気の毒だったが、でもやはり良くないことは良くない。

『バッカだなあ、アキオは。そういうの、杓子定規って言うんだぜ。頭がかてえんだよ。いいじゃないか、菓子くらい。人間同士が直接接触しなくてすむよう、わざわざオレさまを受け取り役にするくらい、気を遣ってくれてるのに』

聞こえよがしに咲良が言って、立ち上がって腕を組んだ。その首に燦然《さんぜん》と輝く白レースのリボン。性格はともかく、見た目は愛らしい咲良にはぴったり似合う。

『咲良ちゃん、いつもありがとう。リボン、気に入ってくれるといいんだけど』

『おう！　ありがとな！』

「――城川さんは、お菓子を焼くのが趣味なんですか？」

画面の城川が笑顔になった。

『はい！　あんまりうまくないんですけど、《繭》のあいだに上手になりたくて。《繭》入りしてからずっと、いろんなお菓子を焼いています』

「へええ。それじゃこの三週間でずいぶん上達されたんですね。この前いただいたマドレーヌ、とっても美味しかったです」

『本当ですか！』

城川の表情が内側から輝いた。彼女は両手を胸の前でぎゅっと組み合わせた。

『泣いても笑っても、四週間は外に出られないので！　どうせなら、ひとつくらい新しい趣味を持つとかして、少しでも有意義に過ごしたくて。水瀬さんに褒めていただいて嬉しいです！』

「いや――それじゃ、ケーキいただいていきますね。ありがとうございました」

『はい！　巡回お疲れさまです！』

自転車を押しながら、ケーキの箱の置き場に困り、前かごに押し込んだ。前かごが狭くなって、咲良がじろりと睨んでくる。

『オレさまの特等席にケーキを押し込むとは、いい度胸だなオマエ』

「しかたがないだろ、他に置くところがないんだから」

さらにリボンの嫌みを言ってやろうとしたところに、ふたたびガラスの割れるような音が聞こえた。通りの向こうで、大声でわめきながら窓からなにか投げているやつがいる。

『なにやってんだよ、こらあああ！』

咲良が叫び、小さな尻を振りながらそちらに突進していく。

――ほんっっとに、もう！

警察官は、住民の精神の安定を守るためにいるのだろうか。

ふとそんなことも考えてしまうくらい、《繭》延長による影響はすさまじかった。

いつもの三倍くらいの時間をかけて、一回めの巡回がようやく終わった。

『まさか、《繭》が延長するなんてなあ』

ビデオチャットの画面の中で、同期の松永が渋い顔をしている。

松永は、明日だけ宮坂の交代要員として二十四時間の交番勤務に入り、この週末には《繭》が明けるので、通常勤務にもどれると考えていたはずだ。《繭》が一週間延長すれば、松永の当番はあと三回、追加される。そのあたりの念押しもあって、松永の自宅に電話してみたのだ。

『荷造りは一日分で充分だと思ってたけど、一週間以上、署の仮眠室に泊まれるようにパッキングし直してるよ』

「急な変更でたいへんだな」

『まあ、出かけた後でわかるよりはマシだったかなあ』

明日から松永は自宅を出て、七曜署の仮眠室に泊まり込む。以前ならひとり暮らしだから、自宅を出る必要がなかったのだが、婚約者の女性と《繭》入りをきっかけに同棲を始めたので、「家族あり」と判断されたのだ。

『ニュースを検索しまくってるんだけど、政府もまさか《繭》が延長になるとは予想してなかったみたいだ』

松永の言葉に、首をかしげる。

「どういうこと？《繭》の延長を決めたのは、政府なんだろう？」

『それがさ、違うんだ。俺もいまひとつ仕組みがわかってなかったんだが、《繭》の開始と終了のタイミングを決めるのは、《繭》システムの人工知能なんだって』

「えっ、人工知能が決めるのか」

『うん。世界のどこかで強力な新型ウイルスの感染拡大が始まると、指標を監視している《繭》システムが、それを自動的に検知するんだ。ウイルス禍が始まるぞってな』

わが国なら感染症法にもとづいて、医師や獣医師に義務づけられている「疑似症《ぎじ》」診察の届出がある。特定の感染症とは診断できないが、発熱や呼吸器症状等があり集中治療が必要な患者を診察した際に、原因不明の重症の感染症が発生していると届け出るのだ。

その数や内容も、《繭》システムは常に監視しているという。

『危険な新型感染症だと判断すれば、人工知能は感染者数とその増えかたなんかを見て、《繭》入りの日と期間を決めるらしい』

「人間が決めるわけじゃないのか？　政治家とか」

『《繭》は感染症の対策としてはいいけど、反《繭》の活動家みたいに、反発もあるじゃないか。だから、最終的な判断は政治家ってことになってるけど、実質はノータッチなんだって。責められたくないから』

――つまり、人間は責任を負いたくないってことだ。

かろうじて、その言葉を呑み込む。

電子脳の猫型ロボット咲良は、こちらの会話には興味を示さず、交番の出入り口から外を見守っている。シジミ蝶が、咲良の鼻先をかすめるように飛んでいる。

『今回みたいに《繭》が延長されれば、非難が束になって押し寄せてくるだろ』

「それじゃ、システムは今回、どんな指標を見て延長を決めたんだろう」

『新規感染者数がゼロにならないからだって。本来なら《繭》入りの二週間後に新規感染者はゼロになる。その後は、いま感染している人の数がどんどん減って、四週間後にはそっちもゼロになるはずだ。それが、今回は三週めに入っても、新規感染者が全国でパラパラと出ていたんだって』

「様子を見ていたけど、四週めになって延長決定ってことか——」

『そういうこと。もし今くらいの感染者数で解除すれば、すぐにまた《繭》入りしなくちゃならなくなる可能性が高いんだってさ』

「でも、どうしていまだに新しい感染者が出るんだろうな」

『それだよなあ。俺たちの仕事にも関係するけど、やっぱりみんな《繭》に慣れてきてて、こっそり外出してる人がいるんじゃないかって言ってるよ。反《繭》の活動家だけじゃなく、ごくふつうの人でもさ』

「警察の巡回も、二十四時間ずっと見ていられるわけじゃないもんな」

たったひとりで、七曜駅前交番の管轄内を見回るのだ。宮坂家の隣人のように、柵を乗り越えて隣家に入ったりすれば気づかない。

「《繭》の延長が発表されて、今日はたいへんだった。まだ一回めの巡回をすませただけだけど、窓から外にビール瓶を投げたり、大声で泣きわめいたり、あちこちで大騒ぎが起きてる。注意して回るのもうんざりだよ」

『そうやってガス抜きしてるのかなあ。まいったな、俺、明日が初めての《繭》勤務なのに、いきなりそれかよ』

たしかに、松永は気の毒だ。明日になれば少しは沈静化しているだろうか。

なんだか萎《しお》れた感じの松永を、うまく元気づけることはできなかった。通話を終えるともう昼時で、用意された食料から冷凍のグラタンを取り出し、電子レンジで温める。

冷蔵庫に、城川のチーズケーキが袋に入ったまま入っているのを確認し、頬が緩んだ。おやつの時間にいただくつもりだ。あんまり忙しすぎて忘れそうだったが、親切な咲良がきっちり冷蔵庫に入れてくれていた。

「なあ、咲良」

今も外を眺めている咲良に声をかけた。

『あん？』

「《繭》に入る日や期間を決めてるの、人工知能だって知ってた？」

『おう。いちおうそれは、常識だぜ』

――あ、ちょっとむかつく。

『だが言っとくが、その人工知能を作ったのは人間だからな』

「――そりゃそうだけど」

『《繭》システムの人工知能は、指標として与えられる新型感染症の届出数や内容のほか、ネットの投稿内容なんかも監視してるんだ。発熱とか咳とか、医療機関の投稿なんか、特に重視しているらしい。だけどオレさまが言いたいのは、そういうものを人工知能が重視するよう仕向けたのは、システムを作った人間だってことだヨ』

「ああ――《繭》システムを開発した人がいるわけだもんな」

チンと電子音がして、ぐつぐつと煮え立っているグラタンを耐熱ミトンで取り出し、デスクに持ってきた。いい匂いを嗅いだだけで、腹が鳴る。

『人工知能って聞いただけで、思考停止しちまう人間がいるだろ。なんかスゲーことを考えてるコンピューターに任せときゃいいんだ、って感じで。《繭》システムだって、シミュレーションして期間を定めるのは人工知能かもしれないけど、シミュレーションのやりかたを考えたのは人間だし、《繭》に入るかどうかの最終決定権は人間の――政府にあるんだからな。そこんところ、はき違えないでもらいたいね』

どうしてかわからないが、人工知能の咲良が怒っている――人工知能に感情があるのなら――らしいことは理解できた。

スプーンをグラタンに突っ込んで、さあ食べるぞと大きな口を開けた時だった。

突然、交番内に警報が鳴り響いた。

『一一〇番から入電。七曜駅前交番管内の路上で、倒れている人を近隣住民が発見。状況から、マンションからの転落または飛び降りと見られる。ただちに現場に急行せよ』

急に大きな音を聞くと、脳が瞬間的に処理を停止するのか、口を開けたまま身体が固まってしまった。

――飛び降りだって！

今日は幕開けからとんでもない一日だったのに、これ以上の事件なんて勘弁してほしい。

『アキオ、行くぞ！』

こんなとき、咲良の存在は心強い。さっさと交番を飛び出していく。通信指令室から受信した詳細は、咲良がデータとして受け取っているから、パトカーで急行すればいい。

名残り惜しくて、ひと口だけ熱々のグラタンを口に突っ込み、舌をやけどしそうになりながらマスクをつけて、残りを電子レンジにとりあえずもどす。

「咲良、パトカーに――」

『アキオ、こっちだ。ついてこい！』

咲良は車や自転車には目もくれず、走りはじめている。つまり、現場は徒歩のほうが早いくらい交番に近いということだ。

「咲良、現場はどこなんだ？」

『いいから来るんだヨ！』

疾走する小さな猫型ロボットは、振り向きもしない。

角を曲がり、咲良が一目散に向かった先を見て、ギョッとした。まだビール瓶の破片が片づいていない、ここは――。

「トラットリア――」

『トラットリア・コロラッチオ！　だけど、現場は向こう！』

咲良が駆けていくのは、レストランの斜め向かいに建つ低層マンションの方角だ。

マンション前の路上に誰か倒れているのを見て、通報はこの件だとわかった。

長い白髪まじりの髪、アースカラーのカットソーにジーンズを穿いた女性が、アスファルトにうつぶせになっていた。頭のあたりから血が流れている。

『救急車もこっちに向かってるそうだ』

「――ベランダから落ちたのかな」

『この場合、飛び降りたとふつうは考えるんじゃないか？』

咲良が女性の周辺をぐるっと回りながら応じる。現場の状況を撮影して、状況判断しているのはまちがいない。

女性は靴を履いていない。室内で身に着けるような靴下だけ。マンションを見上げると、あちこちの部屋からこわごわ顔を見せている住人がいるが、三階のひと部屋は、ベランダには誰もおらず、窓だけ開いていた。

——さっきの人だ！

トラットリア・コロラッチオの騒ぎを、ベランダからじっと見下ろしていた人がいた。あのときは、目が合うとすぐ引っ込んだのだが、ひょっとするとあのときも飛び降りるつもりでベランダに出ていたのだろうか。

「咲良、あの三階の部屋の住人は？」

『小島《こじま》みさと。交番の調査には、パート店員と答えてる。ひとり暮らしだ』

サイレンを鳴らしながら救急車が到着すると、近隣の家がみんな窓を開け、ベランダに出たりして、自宅にいながらの野次馬と化しはじめた。

『皆さん、まだ《繭》の期間です。ご自宅からは出ないでください』

咲良を拡声器がわりに使い、ていねいに頼む。

「こちらです！　お願いします」

小島みさとを、防護服で完全装備した救急隊員に任せた。脈をとると、彼らは慌ただしく小島をストレッチャーに乗せはじめた。三階からの転落なら、助かるかもしれない。

咲良は、さっさとマンションのエントランスに突入していた。

咲良を追って階段で三階に上がったが、チャイムに応答はないし玄関の鍵が閉まっているので、管理人を呼んで小島の部屋の鍵を開けてもらう。

地方に住む四十代のひとり暮らしの女の人の部屋がふつうどんなものかは、知らない。ワンルームに近い1DKの部屋には、スリムな冷蔵庫とエアコンがあって、あとはわずかな衣類の入ったケースと、ベッドがあった。それだけだった。

冷蔵庫のドアに、グリッターで飾ったマグネットで何枚か写真が貼られていた。猫を抱いた小島みさと。職場だろうか、焼き肉屋の制服を着た小島みさと。写真の中の彼女は笑顔で、無味乾燥な部屋で、そこだけ少しキラキラしていた。

そして、思わず写真に目を近づけたのは、職場にいる小島みさとの隣に、見知った顔を見つけたからだ。

――これ、城川さんだ。

ヨークシャー・テリアのタンタンを連れて散歩している、お菓子づくりの好きな城川ユイ。彼女も小島と同じ制服を着ている。

――城川さんの同僚だったのか。

ベランダに出る窓は半分開いていて、彼女はおそらくそこからベランダに行って、落ちたか、飛び降りた。覗くと、まっすぐ下に血だまりが見えた。救急車は彼女を乗せて走り去った後だ。

『アキオ！　携帯がある』

ベッドの上に端末があり、ぶるぶると震えていた。誰かが電話をかけてきているのだ。

通話ボタンを押してみると、つながった。

『もしもし――ああ良かった、出てくれて』

ホッとした様子の女性の声が言った。

「こちらは小島みさとさんの端末ですが、そちらはどなたでしょうか」

『えっ――。あなたはどちらさまですか』

「七曜駅前交番のものです。言いにくいんですが、小島みさとさんと思われる方が、ベランダから転落されて」

絶句して、次いで泣きだした彼女から、ようやく状況を聞き出す。

電話の向こうにいるのは、自殺対策支援の電話相談を行っているボランティアの人だった。小島みさとは、飛び降りる直前まで彼女と話していた。

『焼き肉屋さんのパートをしてたそうです。《繭》に入る前からお店が不景気で、三日前に店を閉めるという連絡が来て。仕事を失ったところに、《繭》の延長というニュースが流れて、将来を悲観して』

心臓がドクンと大きく跳ねて、胃がきゅっと縮まる。

彼女が話している店は、小島みさとの職場であり、城川ユイの職場でもあるのだ。

小一時間もかけて、自治体の支援を受けながら次の仕事を探すように説得していたそうだが、彼女に届かなかったようだと、ボランティアの女性は悲しげに話してくれた。

『最後に、「話を聞いてくれてありがとう。だけどもう疲れちゃった」と言って通話を切ったので、何度もかけなおしていたんです』

たぶん彼女も、今日起きたことを忘れられないだろう。

「三階からの転落なので、助かる可能性はあります。さっき、救急車で搬送されました」

そう伝えると、ホッとした様子だった。

『なにも死ななくたっていいのにナ』

マンションを出て、咲良が不満そうにつぶやく。

『《繭》のあいだ、とりあえず支援を申請すれば日用品や食料は届くし。こんな状況だから、そりゃ次の仕事を探すのも大変だとは思うけどさあ』

「うん――そうなんだけど」

たしかに死んでほしくはないが、そこまで絶望してしまった人に、「死ななくてもいいのに」と気軽に言いたくなかった。

人のつらさなんて、その人でなければ理解できないに違いない。虫歯の痛み、殴られたときの痛み、いたんだものを食べたときの腹の痛み、なんでもそうだ。痛みの感じかただって、人によって違うだろうし、痛みに強い人もいれば、弱い人もいる。それを他人にわかってもらうのがどれだけ難しいか。違うということすら、理解できない人だっている。

たぶん人間は、自分が体験したことしか、本当の意味では理解できないのかもしれない。

逡巡《しゅんじゅん》を読み取ったのか、咲良が仏頂面をする。

『ちぇ。やっぱり人間ってのは、よくわかんねえよ』

「そうかなあ。咲良ならきっと、いつかわかってくれると思うけど」

複雑な表情で、咲良がこちらを見上げる。

『なあ。さっきの小島みさと、城川さんと同じ店に勤めていたんだナ』

咲良もしっかり写真を見ていた。

「うん。そうらしい」

『城川さんは大丈夫だよナ』

咲良の問いに、答えられなかった。

交番にもどろうと歩きだしたとき、トラットリア・コロラッチオの二階の窓で人影が動くのが見えた。オレンジ色がちらちらしているから、奥山のようだ。路上に転がったビールの空き瓶を片づけてほしいと、もう一度頼んでおこうと、窓を見上げた。

「――奥山さん？」

二階の窓から、小島が飛び降りたあたりを見つめていたオレンジ色の髪の女性が、目をぬぐいながら振り向いた。急いでマスクをつける、その目が真っ赤だった。

「――すみません。飛び降りた人のことを考えていたら泣けてきて」

「赤崎さんは大丈夫ですか」

「彼、今朝は自棄《やけ》になってましたけど、やっと落ち着いてきたんです。それなのに、お向かいであんなことが起きるなんて」

ひげ面の赤崎オーナーも、朝はひどく荒れていた。たった一週間の《繭》の延長が、いろんな人の心を蝕んでいる。

「死んだらそこでおしまいですけど、生きていたら《繭》は必ずいつか明けます。お店もきっと再開できますよ」

こんな陳腐《ちんぷ》なことしか言えないのが残念だ。だが、奥山は真剣な表情で、しっかりとうなずいてくれた。


交番に戻るとグラタンは冷え切っていて、もう一度温め直したが、美味しくはなかった。

「《繭》で人生が狂う人もいるんだろうな」

『そりゃ、いるだろう。小島みさとひとりですめばいいけどな』

咲良がクールな表情で怖いことを言う。時計を見れば、とっくに本来の巡回時刻を過ぎている。今日はとても、五回も巡回なんて無理だろう。

二度めの巡回中にも、緑の家の前を通りかかった。

「――咲良？」

自転車の前かごの中から、いつまでも緑の家を見上げている咲良の顔つきが真剣だ。

『さっき考えたんだよナ。この家は本当になんともないのかって』

「――たしかに心配だけど、向こうがなんともないと言うかぎり、どうしようもないよ」

『今朝アキオとインターフォンで話したのは、本当に岡野マリコだったか？　岡野コウじゃなかったか？　カメラを切っていたから、男か女かもわからなかったぞ』

「岡野コウさんは寝てるって言ってたしな」

『寝てるんじゃなくて、死んでるのかもしれない。それとも、岡野コウがマリコを殺して、さっきはコウがマリコのふりをして話していたのかも』

「ぶっそうなことを言うなよ！」

だがまあ、咲良の心配ももっともだ。

人間がふたりも住んでいるのに、静かすぎる家。どちらかが死んでいるのかもしれない。どちらかがどちらかを殺したのかも。自殺、事故、他殺。考えはじめると、可能性の多さにひるんでしまう。

「咲良、事件ファイルの読みすぎだろ？」

咲良はフンと小さな顎を上げた。

二回めの巡回では、酔っぱらって自宅前の路上に転がっていた男女を発見した。本来なら留置場に入れるのだが、七曜署の留置場は、今朝から各地の交番で逮捕者が続出したせいであふれており、よほどの事件でもないかぎり、在宅起訴に切り替えるよう通達が出ていた。

足首にGPSつきの輪っかをはめて、自宅に押し込む。本人たちはぐでんぐでんに酔っていて、男はひっぱたいても目を覚まさないし、女は何を言ってもひたすら大笑いするだけだ。しかたがないから、目が覚めたら電話するようにメモを残して巡回にもどった。

本当にひどい一日だった。

『どうしてそんなに《繭》を嫌がるんだろうなあ。オレには天国だけど』

アニメの脚本家の佐古は、ヒヨコのキャラクターが描かれた巨大なマグカップを手に、《羽衣》のチャットに乗り込んできた。

《繭》の延長を彼がどう考えているか知りたかったのと、《繭》の期間を決めるのがシステムの人工知能だということが、今ひとつピンとこないので、佐古なら何か知っているのではないかと思って声を掛けたのだ。

『オレなんかもう一生、《繭》でいいくらいだよ』

「佐古ならそうだろうな」

『だいたい、会話するのに画面越しで何が悪いんだ？　昔はもっと原始的だったらしいけどさ、今の《羽衣》なんかとっても自然でリアルだろ』

「うん。ほんとに向かい合って喋ってるみたいだもんな」

『人間の感じかたなんて、人それぞれだとは思うよ。だけど、《繭》の延長くらいでここまで大騒ぎになるとは、正直オレには予想できなかったよ。こんなに快適なんだもん』

「まあ、佐古にとってはなあ」

昨日はひどい一日だった。七曜駅前交番の管内だけで、飛び降りが一件、《繭》のルールを破って外出したのが十七件、自宅の外に物を捨てたり投げたりした事件が三十二件、発生した。

こんな小さな田舎町で。

今日もまだ、針でつついただけで爆発しそうな雰囲気は残っているから、初めて《繭》勤務につく松永が、どんな顔をして駆け回っているか想像すると、気の毒ではある。

そう言えば、松永に対応する猫型ロボットはどんなタイプになるのだろう。

『それでさ。《繭》システムに詳しいエンジニアが知り合いにいるから、呼んどいたよ』

「えっ、ここに？」

《羽衣》で佐古とふたり向かい合って楕円形《だえんけい》のテーブルについていたら、ふたりの中央くらいに、牛柄の眼鏡をかけた年配の女性が出現した。茶色い髪が、あっちこっちに跳ねている。ひどいクセっ毛みたいだ。

現実には1LDKの官舎にいるのだが、《羽衣》の面白い点は、映像にリアルな距離感があることだ。ごくふつうに会って話しているのと変わらない。

『《繭》システムのメンテナンスを、二年くらいやったことがあります。今はもう、辞めましたけど』

花岡《はなおか》キイロという彼女は、今は佐古が脚本を書くアニメのCGを作っているそうだ。花柄のマグカップを持ったキイロの手は、手を伸ばせば触れそうだった。

「どうして辞めたんですか？　――あっ、すみません、単なる好奇心なんですけど」

『かまいませんよ。もうできあがっているシステムなので、メンテナンスと言ってもパラメータの調整程度なんですよね。あまり面白い仕事とは言えなくて』

「調整って、何をするんですか」

『《繭》システムは、ご存じだと思いますけど、政府が持っているデータ以外にも、ネットの個人的な投稿なども監視するんです。「発熱」とか「熱が高い」「咳が出る」みたいな書き込みに反応するわけです』

「聞いたことはあります」

『どんな単語ややりとりに反応すれば、新型ウイルス感染拡大の兆《きざ》しを確実にキャッチできるか、試行錯誤を続けているんです』

「そういうのを監視することで、いつから《繭》に入るべきか、あるいはもう《繭》を終わらせてもいいか、みたいな判断もできるわけですか」

『そうです。今回、一週間の延長が決まりましたけど、予定通りに終わらせた場合、またすぐ次の感染拡大が始まりそうだとシステムが判断したんでしょう』

「でも、なぜそうシステムが判断したかとか、システムの出した結論を人間がどう解釈したかとか、そういった説明はできるはずですよね」

うーん、とキイロが考え込んだ。

『ある程度はできますね。たぶんこういうことをシステムが考えたんだろう、くらいは』

「えっ、ある程度――くらいの話なんですか」

『人工知能は、SNSの海に流れる大量のデータを解析し、その情報を使ってシミュレーションするんですよ。何十億、何百億通りという計算をくりかえして出した結論を、人間が完璧《かんぺき》に理解できますかね』

それだけでは説明不足だと思ったのか、キイロは首をかしげながら補足した。

『いちおう、人間にわかりやすく説明するための機能も《繭》システムは持っていて、現状の分析とシミュレーションの結果をまとめて文章にしてくれます。政府発表は、それに基づいているはずです』

「なるほど――」

『不安を感じるのはわかります。こういうのって、「《繭》システムはまちがえない」という前提に立っていますよね』

「まちがえるんですか？」

『いいえ。少なくとも、大きく間違えないように、今もずっとメンテナンスし続けている人がいるんです』

「そうか――《繭》システムの結論がまちがえないように、人間の手も入っているんですね」

『だから責任重大なんですよ、その人は。新型感染症の患者が増えてなくてもずっと、《繭》システムのお守りをしているわけですから。さっき私は面白くないからと言いましたけど、あんまり責任が重すぎて、というのも理由だったかもしれませんね』

《繭》の延長で絶望し、飛び降りた小島を思い出すと、キイロの言葉の重みが実感として響いてきた。

（《繭》に入るかどうかの決定権は人間にある）

咲良の言葉が耳によみがえる。人工知能に責任を押しつけるわけにはいかない。だけど本来、最終的な責任を負うべきなのは、人工知能を管理している人間でもなくて、それを使って判断すると決めた人間だ。

責任を取りたくないから人工知能を使うようでは、本末転倒だ。

『《繭》の延長なんて、そう起きることではありませんから、今ごろ調整屋はシステムの判断が本当に正しいのかどうか、検証をくりかえしているんじゃないでしょうか。どれほど責任を感じているか想像すると怖いです。少なくとも私は、いま《繭》システムの調整屋の立場にはなりたくないですね』

キイロが悪寒を感じたみたいに、身体をぶるっと震わせた。

正直、システムの調整なんて楽な仕事だと考えていた。

そんなことを言うとキイロに叱られるだろうが、パソコンの前に座ってプログラムを書いたりテストしたりするだけ。体力もいらないし、パソコンがあればどこでもできるし、気楽な仕事そうに見えた。

だが、どんな仕事にも、携わる人間にしかわからない苦労があるものだ。

「《繭》システムの調整屋には、これから《繭》がどんな結論をはじき出すか、わかるものなんですか」

キイロがふっと息を呑みこんだ。

『──そうですね。《繭》延長の発表があったのは昨日ですから、遅くとも三、四日前までに、調整屋にはわかっていたと思います』

そもそも、《繭》とはなんなのか。

交番では食べる暇がなく、自宅に持ち帰った城川さんのチーズケーキに紅茶を用意し、調べものをしながらケーキをいただく。

──いい香りだ。

城川は、あまり菓子づくりが得意ではないと言っていたけれど、お店で買うお菓子と同じくらい美味しい。濃いめの紅茶にも合う。

レモンの風味と酸味がしっかりしていて、かといって強すぎず。しっとりしたベイクドチーズの味と香りを引き立てる。色も美しい。そのうえに、白いメレンゲをたっぷり絞り出し、波のような模様を描いている。

——美味しいよなあ。

なんだか幸せな気分になれる。

ああ、そうか。

これは、《繭》にくるまって、あたたかな気分で日々を過ごす人の菓子なのだ。

大丈夫、ここにいれば安心。この菓子はそういうメッセージすら感じさせる。

結論。城川ユイは、お菓子づくりがうまい。

小島みさとと同じ店で働いていたのなら、彼女も仕事を失ったばかりだろう。彼女が小島の飛び降りを知ったらと思うと、それも心配だ。だけど、このケーキを作れる人なら大丈夫だという気もする。

ただの勘だ。

役得と幸福感を嚙みしめながら検索する。

《繭》開発の発端は、二十一世紀に起きた世界的なパンデミックだ。

この国の現代人は、この数十年間、大きな被害をもたらす可能性があるウイルスの感染拡大が始まれば、《繭》が始まるのが当然ととらえてきた。《繭》という名前からイメージできる通り、一種のシェルターだ。外の世界から脅威が取り除かれたとき、《繭》は終了する。

佐古やキイロとのミーティングが終わると、自分の端末を起《た》ち上げて、《繭》の情報を集めた。

パンデミックが起きるのは数年から十数年に一度。この数十年間で、《繭》は何回発生したのだろう。

中学二年の春に起きた《繭》は覚えている。その前は、小学校に上がる前のことで、ほとんど何も記憶していない。四年前のは警察官として対応し、今回は人生で四度めの《繭》だ。

《繭》の発生サイクルは、短くなっている。新型ウイルスの登場サイクルが短くなったからだ。

地球温暖化が進み、蚊などウイルスを媒介する生物の居住範囲が広がった。自然が破壊され、未知のウイルスを持つ野生動物がエサを求めて人間の居住地にまで入り込んだ。いろんな原因が取りざたされている。

調べているうちに、更新されたニュースを見て、ハッとした。

『闘病中だった里山製菓の里山社長が死去。里山製菓は大手菓子メーカーの傘下《さんか》に』

——とうとう。

里山社長に会ったことはないが、社長の人格を人工知能に移植した〈分身〉とは少し会話した。

里山製菓を買収したのは、誰もが知っている国内シェアトップのメーカーだった。大手菓子メーカーの社長がメッセージを出し、里山製菓の買収は、《繭》の期間にビデオチャットを通じて行われたのだと誇らしげに伝えていた。ほかのメーカーが《繭》を理由に遠慮するなか、社長は率先して買収打診に走ったのだとか。

《繭》の中にいても、動きを止めない人や、企業がある。それどころか、《繭》で行動制限のかかる時期だからこそ、貪欲に成長の機会をうかがっている。

なんだか脱線してしまった。

ふいに、救急車で運ばれた小島みさとがどうなったか気にかかった。

自宅の端末から警察のシステムに入り、報告書を見てみることにした。

自宅からは、めったにシステムを使うことはない。なにしろ、ハッキングを防ぐために、がちがちのセキュリティ対策を敷いているから、ログインするだけでもけっこうめんどうなのだ。

個人の情報を登録したＩＤカードとパスワード、それに虹彩《こうさい》パターンの三つを個人認証に利用する。くわえて、秘話回線につなぐ必要があって、そのための呪文のようなパスワードも必要だ。

秘話回線のパスワードは、二回も入力をまちがえて弾かれ、顔をしかめて慎重に入力し直して、やっとシステムに入った。

昨日、咲良が作成した報告書を確認すると、その後の経過も追記されている。

嬉しいことに、小島みさとは生きていた。

まだ入院中だが、意識はもどったと救急隊と病院から連絡が入っている。《繭》の延長で厭世的《えんせい》になり、突発的に死のうと考えたと話しているそうだ。

だが医師は、頸椎《けいつい》の損傷により障害が残り、彼女が歩くことはおろか、首から下を動かすこともできない身体になる可能性を指摘していた。

たった一週間、《繭》が延びただけなのに。

何十年も続く人生に比べれば、短いものだ。若輩者にそう言われて小島が納得したかどうかはわからないが、ベランダにいるのを見かけたときに、もし声をかけていれば。

考えると、こちらが落ち込んできた。

端末を切る前に、思いついて今日の交番の様子をうかがった。

「うわあ。松永もたいへんだな」

今日も昨日と大差ない街の様子だ。今日は、反《繭》の活動家が、朝っぱらから街に出てオートバイで走り回っていたらしい。

警察の報告だけでなく、報道を探してみたところ、目撃した人たちが自宅から動画を撮影してアップしているのがいくつか見つかった。

『新型ウイルスなんか、風邪と一緒だぜェ〜〜〜！』

オートバイに乗った三人が、拡声器でわめきながら暴走している。

『マスクなんか、いらねェ〜〜〜！』

『《繭》なんかまやかしだ〜〜〜！』

松永ひとりでは対処しきれず、ついに末次課長まで上番する羽目になったようだ。下手をすれば、残り一週間、《繭》の当番ではない警察官も駆り出されるかもしれない。

——どうしてこんなに、現実を見ないんだろう。

ウイルスなんて、問題ないと思いたい。

マスクや《繭》で防御しなくても、世界は危険にさらされていないと思いたい。

一種の正常性バイアスだ。自分は大きな災害に遭遇したりしない。そう信じたいから、危険が目の前に迫っていても、見て見ぬふりをする。

そもそも人間は、自分の見たいものしか見ないし、聞きたいことしか聞かないものだ。

だが、いくら「問題ない」「危険などない」と主張してみても、危険はたしかにあるのだからしかたがない。

　このところ新型ウイルスで大きな被害が出ていないのは、《繭》のおかげだ。《繭》に入るようになってから、この国では新型ウイルスのパンデミックが起きていない。

　だが、《繭》が稼働してすでに数十年、パンデミックの恐ろしさを知る者が減ってきた。《繭》があるからパンデミックが起きないのに、起きないから《繭》のありがたみがわからない。なんとも困ったことだ。

　ウイルスの恐怖は、忘却の彼方《かなた》にある。そのせいで、反《繭》の活動家のような連中も現れる。

「ルールに従わないと、また期間が延びるかもしれないのに」

《繭》のルールは、たしかに厳しい。

　期間中は、犬の散歩でもなければ外出できない。家の中にこもり、ひとり暮らしならビデオチャット以外、誰とも話すことがない。家族と住んでいれば、ずっと家族と鼻つきあわせることになるだろう。

　四週間ずっと顔を合わせていると、時には意見が食い違ったり、苛立つこともあったりして、家庭内暴力がふだんより増えるそうだ。ときどき、警察にも被害者や近隣住民から通報が入る。

　たった四週間だが、息を詰めるようにして暮らす二十八日は、意外に長い。

　ふと、自分のかたわらを見る。

なんとなく、そこに咲良が寝そべっているような気がした。咲良が今ここにいれば、いろんな会話ができただろう。なんだかんだと混ぜっ返すかもしれないが、話していれば気もまぎれる。

——《繭》が明けるとホッとするだろうけど。

咲良がいなくなるのは、少し寂しい。

松永は、どうにか一回めの勤務を乗り切ったようだ。ぶじに日報が出たのを確認したときには、こちらもホッとした。

次の当番の富山は、三人の中ではいちばんの若手だが、飄々《ひょうひょう》としており、嵐のような状況でもうろたえてはいないようだった。

翌日、富山と交代するため交番に向かう。

《繭》が一週間延長するなら、今日を入れてあと三回、当番が残っている。

『アキオ！　今日もたいへんかもしんねえぞ』

交番に行く途中で、迎えにきた咲良と合流した。咲良は左頰に小さなひっかき傷をつくっていた。

「どうしたんだよ、それ」

『昨日、反《繭》のやつらが刃物を投げてきやがったんだ』

舌打ちする咲良の傷を指で確かめ、それが筐体のなめらかな表面に傷をつけただけで、内部の機械類にまでは達していないと知り、安心する。

「ひどいな」

『まあな。《繭》が明けたら修理してもらうから、いいんだけどな。連中は公務執行妨害でぶちこんでやったし。ヒヒヒ』

咲良が凶暴に笑う。やっぱり化け猫だ。

だけど、ふっと気づいた。

「なあ、咲良。もしおまえの筐体が壊れたら、おまえはどうなる？」

『ああ？　筐体だぁ？』

不機嫌に問い返した咲良が肩をすくめたそうな顔をした。

『どうもならねえヨ。だって、オレさまはオレさまの記憶と知識があるかぎり、オレさまだからヨ。新しい筐体に入れれば、めでたく復活ってことよ！』

カカカと高笑いしている。

――そうなのか。

咲良が咲良であるために、この身体はどうしても必要なわけではないのか。生身の人間なら、自分が自分であるためには、今ここにある肉体が必要だと思うのだが。

でもそう言えば、里山製菓の社長の〈分身〉も、人工知能だった。里山社長の言動を何年分も蓄積して、分析したのだと言っていた。

それなら、自分を定義するのは何だろう。何があれば、水瀬アキオだと言えるのだろう。

咲良からこの二日間の日報まとめを聞き、交番に入った。

『あれっ、ニュース見たか？』

留置場はすでに満員になっている。今日ももしも大きな事件が起きて、逮捕者が出たら、どこに入れたらいいのか。

そう考えて悩んでいると、咲良が勝手にモニターをつけ、ニュースを流した。

「えっ、なんのニュース？」

『《繭》の延長に、反対意見が噴出してるんだとさ。延長は一週間と言っていたけど、ひょっとすると二、三日延びるだけで、終わるかもしれないナ』

「それで新型ウイルスの感染拡大はおさまるのかな。感染者数はゼロになったのか？」

『なってない。全国ベースで毎日ふた桁か三桁だけど、今でも発生してる』

驚いた。それなら、《繭》を終わらせてはいけないんじゃないのか。

『前回、《繭》が延長したのは、三十年くらい昔の話なんだ。当時はまだ、新型ウイルスの怖さを知る人間が多かったからな。延長しても文句は出なかった』

《繭》はよくできたシステムだが、問題がないわけではない。短い期間とはいえ、人間に不自由を強いる。感染症の怖さが身に染みているうちは、《繭》の不自由さと感染症の怖さを天秤にかけ《繭》に入るほうを選んだが、数十年が経つと、多くの人が感染症の怖さを忘れてしまった。

「怖さを知らなければ、《繭》はよくわからないまま行動を制限する不自由なルールでしかない」

『そういうことだナ』

咲良が重々しくうなずく。

「だけど、《繭》のシステムは最低でも一週間、延長すべきだと結論を出したんだろ。それなら、政府もそれに従うんじゃないの」

『そうしてほしいけどな。これだけ国民から突き上げを食らえば、何もかもシステムのせいにして、延長を短く切り上げるかもしれない。現に、どうやらそっちの方向に傾いているらしい』

——そうなのか。

最終的に判断するのは、人工知能ではなく人間だ。佐古やキイロたちも、そう言っていた。だから、専門家がつくった《繭》システムがどんな結論を出そうと、人間がそのとおりには動かないこともありうるのだ。

咲良が言った通りのことがニュースで流れた。今日のアナウンサーは人工知能ではなく、生真面目なふんいきの実在する女性だ。

『政府関係者は、先日発表された《繭》の延長期間について、短縮の方向で検討していることを明らかにしました』

――ふうん。

なんだか割り切れない。小島みさとは、《繭》の延長で死のうとするくらい衝撃を受けたのに。そんなにかんたんに短縮できるのか。

文句を言われたくらいで変更できちゃうのか。そういうものなのか。

「――よし。もう巡回に行っちゃうか」

考えていてもしかたがない。《繭》が延長になろうと短縮されようと、その枠組みのなかでこちらは仕事をするまでだ。

『そう来なくちゃ』

咲良がデスクから身軽に飛び降りる。

交番の外の空気が澄んでいる。

《繭》の延長期間が短くなると報道されたからだろうか。前回の当番のときには、町の雰囲気がどんよりと澱《よど》んでいたのに、今日は少しさっぱりしている。

まだ肌寒いが、目と鼻の先まで春が来ているようだ。

『おっ、アキオ。城川さんとタンタンだ』

遠く離れた路上で、ヨークシャー・テリアを散歩させている城川ユイの姿を、咲良が目ざとく見つける。

タンタンを見るため、うつむいているからだろうか。なんだか城川の元気がないような気がした。

ひょっとすると、小島みさとの件を、聞いたのかもしれない。

焼き肉店が閉店になって職場が消えたということが、ショックだったのかもしれない。

――《繭》が明けても、仕事がないなんて。

何かしなくては。彼女のために。

「咲良。メッセージを録音して、彼女に届けてくれよ」

『おおっ？　オレさまを恋のキューピッドにしようってのか？　よしきた、任せろ』

「違う。この前のケーキのお礼だ」

まったく、咲良の暴走ぎみの盛り上がりかたときたら。

「――城川さん、水瀬です。先日はケーキをありがとうございました。熱い紅茶を淹れて、おやつに美味しくいただきました。《繭》の当番にあたる警察官は《繭》には入れないんですが、まるで《繭》のなかにいるような安心感をもらえて、あたたかな気分になりました。城川さんはお菓子づくりの名人ですね」

そこまでひと息に言って、次に言うべきことを考える。

小島みさとのこと。閉店した焼き肉店のこと。いや、その件にはわざわざ触れないほうがいい。メッセージを録音しようと考えたのは、城川を励ましたかったからだ。

咲良がじっとこちらを見上げている。

「城川さん。《繭》の延長で、気分が滅入《めい》ったりはしていませんか」

――いや、これもよけいなことだったかな。もっと明るい話題にしよう。

「タンタンを連れて散歩している城川さんに出会うと、なんだか楽しい気分になります。《繭》が明けたら」

――あれ、何を言おうとしているんだ。

「――《繭》が明けたら、お菓子のお礼に、いちど美味しい紅茶をご馳走させてもらえませんか。ご存じかもしれませんが、すてきなお店が隣の町にあるんです」

自分でも意外なことを言った。しかし、口に出してみると、悪くないと思った。

「――って、伝えてほしいんだ」

『よしきた！』

咲良が猛烈なダッシュで、タンタンのリードを引く城川に近づいていった。

――あんまり急ぐと、彼女が仰天するんじゃないか。

ひやひやしながらも、こちらは見守るしかない。

足元に駆けつけた銀色の物体に、城川は最初びっくりしたようだったが、咲良が話しかけるのへ、真剣に耳を傾けているようだ。

少し距離がありすぎて、城川の表情までは見えない。

いきなりお茶の誘いだなんて大胆なことをしてしまった。

しばらくして、咲良が駆けもどってきた。

「城川さんの様子はどうだった？」

思い詰めてはいなかったか。いつものふんわりした雰囲気のままだったか。唐突な申し出に、困惑してはいなかったか。

咲良がこちらの質問は無視して、ぶんぶんと頭を振った。

『おい、城川さんから返信だぞ！』

「返信？」

咲良から城川ユイの声が流れだした。こちらの声も、こんなふうに向こうには流れていたわけだ。

『――水瀬さま。さっそく召し上がってくださって嬉しいです！　感想もありがとうございます。《繭》って安全で安心感があって、とってもぬくぬくしています。そのままくるまっていてもいいんですけど、私は《繭》が明けたとき、ひとまわり大きな私になりたい。本当の名人になるつもりで、これからも頑張りますね。お茶のお誘い、ありがとうございます！　もちろん喜んで。早く《繭》が明けるといいですね！』

――《繭》が明けたら、城川さんとお茶できるんだ。

そこはかとなく喜びがこみ上げてくる。
ふりむくと、タンタンを連れて向こうに行く足を止めて、彼女が深々と頭を下げた。

第五話　引きこもる男と正しい《繭》の終わらせかた

『アキオにしては、さっきの大胆な発言は上出来だったナ。褒めてやる』

自転車の前かごで、咲良が偉そうにふんぞりかえり、短い足を組んでいる。

──おまえは王様か。

猫の後頭部に白い目を向けると、『わかってるゾ』と言わんばかりに咲良が肩をそびやかした。

『オレさまは、後ろにも目があるからな』

やれやれだ。

前回の当番とは打って変わって、町は落ち着いていた。巡回していると、微妙な違いが皮膚に直接伝わってくる。

《繭》の延長期間が、予定より短くなるという速報が流れたせいだろう。

──たった数日の違いなのに。

不思議だ。「気分」とは、そういうものなんだろうか。

巡回ルートをトラブルやハプニングなしで回り、交番にもどる途中に、例の緑の家を見た。やはり、二階の黒いシャッターが閉まっている。

咲良は角を曲がって緑の家が見えてくるあたりから、黙り込んでずっとその窓を視線で追っていた。

「今日は、なにか聞こえる?」

『――二階から、しつこくドアを叩くような音がしているんだけどナ』

「どういうこと?」

咲良も首をかしげている。

先日は、岡野マリコというこの家に住む夫婦の妻のほうとインターフォン越しに話したが、何も起きていないと言っていた。だが、緑の家はここ数日、様子が変だ。

「もし、二階の部屋に誰かが閉じ込められて、ドアが開かなくなったのなら――」

『そういうんじゃなさそうだけど、アキオちょっと聞いてやれヨ』

人使いの荒い咲良に指示されるまま、インターフォンを押してみた。

『――はい』

この前と同じ、ささやくような声だけが返ってくる。

「岡野さん、こんにちは。駅前交番の者です。なにか心配事や、困っていることはありませんか?」

しばらく声が返ってこなかった。

「二階の部屋に、どなたか閉じ込められていたりしませんか？」

思い切って尋ねると、小さく息を呑むような音がした。

『閉じ込められてはおりませんが――』

夫が何日も部屋から出てこないのです、とマリコが言った。

こんなとき、《繭》はやっかいだ。

通常時なら、家族から頼まれたのだから、警察官が二階に上がらせてもらって、夫の岡野コウの安否を確認するのはなんの問題もない。

だが《繭》なので、代わりに咲良が入ることになった。

『任せろ！』

弾丸のように飛び出した咲良は、岡野マリコの話を聞きながら玄関を上がっていく。会話がヘッドセットに流れてくる。咲良の目がカメラになり、こちらに映像も流れてきた。

緑の家の内側を見るのは初めてだ。

玄関には、白い壁にアフリカの民芸品っぽいお面が飾られていた。きちんと片づいているし、住んでいる人の教養とか、生活レベルの高さも感じられる。

咲良とマリコが階段を上がっていく。

『で、岡野コウが部屋から出てこなくなって何日経つんだ？』

「今日で七日めです」

『七日もほっとくなよ！　死ぬぞ』

「中に冷蔵庫があって、飲み物や軽食は入ってるんです。トイレもあるし」

妙な話だ。ひとつの家の中に、「離れ」があるみたいだ。外から見ても、ぜんぜん気づかなかった。さっき咲良が聞いた音は、マリコが部屋の外から夫の安否を確かめたくて、ドアを叩いていた音だそうだ。

咲良がコウの部屋の前にたどりついたので、こちらがマイクを握った。咲良をスピーカーがわりにするのだ。

「岡野コウさん、七曜駅前交番です。ここを開けてくれませんか」

咲良が気取った様子でドアをノックする。

『てめえ！　さっさと開けねえと蹴破るゾ』

反応がないと悟ると、短気な咲良が自分自身の声で怒鳴った。

——善良な市民になんてことを言うんだ。

「岡野さん、マリコさんが心配されていますから、少しでも顔を見せてくれませんか」

これで反応がなければ、室内で倒れているか自殺でもしたのではないかというマリコの不安が当たっているかもしれない。

しばらくすると、ドアが細く開いて四十代くらいの男性が顔を覗かせた。

Tシャツにジーンズ、ひげが伸び、長めの髪は脂っぽくてべたついている。なによりたじろいだのは、相手の表情の暗さだった。ふたつの目は疲れきってどんよりした穴のようで、感情が見えない。

だがまあ、とりあえず生きてはいた。

咲良がさっと相手の手首に前肢を伸ばし、脈拍や血圧、血中酸素濃度などを測っている。疲れきった顔はしているが、健康状態は特に問題なさそうだ。

『心配いりません。仕事に夢中になっていただけです』

岡野コウがそっけなく答えた。

『マリコ、部屋まで来るなと言っただろう』

『てめえナ！　七日も部屋に閉じこもってりゃ、家族が心配するの当たり前だろう！　心配かけんな、それでもまともな大人かヨ！』

『私が七日くらい閉じこもって仕事するのは、ふつうなんです。そんなに心配していると は思いませんでした』

いやいやいや、モニター越しにその疲れた顔を見ただけで、誰でも心配するだろう。だが、部外者である警察官が、これ以上の口出しをするわけにもいかない。

「岡野さん、お仕事のなさりかたに口出しはしませんが、こんな時期ですから体調には十分、気をつけてください」

『ありがとうございます』

岡野コウはそこで、咲良に視線を据えた。

『――なんだ。この猫は人工知能なんですね』

「そこにいる口の悪い猫は人工知能ですが、今は私のスピーカーがわりになってもらっています」

『そういうことですか。《繭》のあいだ、使われることになった警察ロボですね。初めて見ました』

岡野はよほど咲良に興味を持ったのか、まじまじと見つめた。

『そいじゃな！　オレさまたちはこれで失礼するヨ。マリコさんに心配かけるなヨ！』

居心地が悪くなったのか、咲良がいっぱしの言葉をかけて退散する。

銀色のロボ猫が玄関から飛び出してくると、岡野マリコは室内から半身を覗かせ、こちらに頭を下げた。彼女が疲れた顔をしているのは、何日も夫を心配していたせいだろう。

だが、とりあえず心配していたような事件性はないとわかってホッとした。

「またこんなことがあったら、遠慮なく交番にお電話ください」

念のために声をかけると、マリコは恐縮したように深々と頭を下げた。

「咲良が『静かすぎる』なんて言うから、よけいな心配をしたじゃないか」

咲良を自転車の前かごに乗せ、ふたたび交番にもどりかけた。

『──だけど、あそこの家は変だぞ』

「おいおい、またそんな」

『黙って聞けよ。二階の部屋、音や電磁波が漏れないように壁に何か入れてるんだ』

「どういうこと？」

『あのな』

咲良がぐるりと顔をこちらに向ける。

『あの部屋のシャッター、何日か前から閉めたままだろ。閉めると一種のシェルター状態になるんだ。室内の物音や話し声、電磁波が遮断される。盗聴や信号傍受を防止してるんだろうナ』

コンピューターは微弱な電磁波を出しているので、傍受すれば通信内容を盗聴したりできるのだと咲良は説明した。

「つまり、会話の内容やコンピューターの作業内容を誰にも盗聴されないように対策してるってことか──」

『それも、めちゃめちゃ厳重にな。マリコにも、部屋に来るなって言ってただろ。家族にも知られちゃいけないんだ』

「岡野コウさんの仕事は、コンピューターの技術者って言ってなかったっけ」

『マル秘ノートにそう書いてる。前の巡回連絡のときに、本人か家族がそう説明したんだ』

コンピューターの技術者といっても、範囲が広い。仕事の内容を特定されないために、ぼかしたのかもしれない。

「セキュリティに厳しい仕事をしているのかな。それとも——」

『秘密にしなきゃいけない仕事かもな。犯罪者とかテロリストとか』

「おいおい、早まるなよ」

咲良が真面目な顔でとんでもない飛躍をするので、目を丸くした。

「咲良って、やっぱり警察専用ロボだなあ。盗聴対策が万全な部屋に七日も閉じこもって仕事してたからって、犯罪者扱いされちゃたまんないよ」

『違う！　アキオはあいつの目つきを見なかったのか？　ああいうの、人間は「思いつめる」って言うんだろ？』

たしかに、岡野コウの表情は暗かった。

「疲れていたからじゃないか？」

『もちろん、それもあるだろうけどさ』

咲良は歯がゆそうに顔をしかめた。

『ちぇっ。アキオはのんきだなあ』

咲良を乗せた自転車を押して、交番にもどってくる。のんきと言われても、これといった理由もなく、住民を犯罪者扱いできない。

「岡野さんは、咲良に興味を持ったみたいだったな」

咲良が大きく身体をふるわせた。

『人工知能で悪いかってんだよナ！　じーっと気持ち悪い目つきで見やがって』

咲良が岡野を疑っているのは、そのあたりにも関係があるのかもしれない。

「そろそろお昼にするよ。咲良、ここまでの日報をまとめてくれる？」

『よしきた！　任せろ』

仕事を与えれば、おとなしく部屋の隅に引っ込んで、巡回ルートとそこで発生した会話、できごとなどをデータに落としていく。こういうところ、咲良は律儀だ。

「仕事中に城川さんと話した件はパスで」

『書くなってことか？　いいけど』

デートの約束をしたことまで、日報に書かれたくない。

『わかってると思うけど、ログには残るからな。あれはオレさまが書き換えることはできないんだ』

「わかってるよ」

咲良が言っているのは、巡回中の全記録のことだ。移動ルート、天候、周囲の状況、遭遇した人やもの、会話などをすべて記録する大量データだ。あんなものを見る人はまずいない。ビッグデータとして分析に使われる可能性があるくらいだ。

冷凍庫には、パスタとグラタン、ローストとんかつのお弁当が入っていた。これも、一日に一回、配送車が市内の交番を巡回して、いろんな冷凍食品を詰めてくれる。

とんかつ弁当を選んでレンジに入れ、温めるあいだに、咲良が書いた午前の巡回日報を確認する。咲良の仕事は速くて、警察官が数時間かけて書くようなものを、ほぼ一瞬で仕上げてしまう。

もちろん、ある程度の手直しは必要になる。今日の場合、それは岡野コウに関する記述だ。

「だからさあ、岡野さんが犯罪に関わっているなんて判断材料は今のところないって」

ぶつぶつ言いながら書き直していると、咲良が恨めしげにこちらを睨んだ。

「だいたい、岡野家の生活レベルを見ただろう？　かなりの金持ちだぞ。あんな生活をしながら、犯罪に走るやつがいるか？」

『テロリストの背後にいるのは、意外に金のある人間なんだゾ』

「ふん。あるいは——咲良には何か、見えてるのか？　岡野さんが犯罪に関わっていると考える理由が」

『ちぇっ。さっき言ったことくらいだよ！』

咲良がぷいとそっぽを向いて、交番の隅に行き、くるりと丸くなって目を閉じた。まるきり猫のしぐさだが、実は充電しているのだ。

岡野コウが犯罪者だとは思わないが、ふしぎなのは妻のマリコの行動だった。

夫の証言が本当なら、ふだんから仕事に夢中になると何日も部屋にこもるそうだ。ちょっと奇妙な生活だが、そのために部屋にはトイレまで別に設置しているという。

今回に限り、外からドアを叩いてみたり、警察官を家に入れてみたりと、不安そうだった。あれはどうしてだろう。

咲良に頼めば早いことはわかっているが、頼みたくなかったので、自分で警察のシステムを起ち上げて、岡野夫妻に関する情報を調べてみた。

ふたりとも、犯罪歴はない。妻のマリコが、二年前に駐車違反をして切符を切られている。だが罰金もきちんと払っているし、それ以外の問題はない。

「――《繭》がみんなの気持ちをくるわせるのかな」

つぶやくと、咲良が薄目を開けて聞いている気がした。

端末の電子音が鳴った。

「また速報だ」

咲良がのそのそと動き、モニターをつける。今度も人間のアナウンサーだった。

『先ほど政府は、今回の《繭》の延長期間を三日に変更すると発表しました。本来なら、今日で終了するはずの《繭》でしたが、あと三日だけ続きます』

『あと三日、もう少しのしんぼうですね。《繭》のルールを守って、自宅で静かに仕事をしたり、勉強したりしていれば、あっという間に終わりますよ』

並んでいる端整な男女のアナウンサーが、にこやかに笑顔を交わしている。

――延長に反対する声に、政治が抵抗しきれなかったんだな。

もともと一週間延長すると決めたのは、システムのシミュレーション結果によるのだから、本来はかんたんに短縮できないはずだ。

ウイルスの感染拡大がおさまっていないのだから、短縮してはいけない。だが、政治的な判断で、してはいけないことをしようとしている。

アナウンサーもそれがわかっているから、《繭》の残りをできるだけ自粛して過ごさせようと、あんなことを言っているのだ。

『三日だけ延長なら、最後の日はアキオとオレさまの担当になるな。それがすんだら、アキオともお別れか』

咲良が頬の傷を前肢で撫でながら言った。

その言葉で、本来なら今日が咲良との最後の一日になるはずだったのだと気がついた。

そこから、また別の大騒ぎが始まった。

休業中の店が、いっきに営業再開に向けて動きだしたらしい。

交番にいても、前面の道路をごうごうと自動運転の大型トラックがひっきりなしに走っていく。交通量が何倍にも増えた。

四年前の《繭》で覚えがあるが、《繭》が明けると、それまで冬眠していた動物が急に動きだすみたいに、みんないっせいに外出して、てんでばらばらに動きはじめるのだ。レストランに行ったり、スーパーに行ったり、《繭》のあいだジャージや寝間着で生活していたのを反省して、外出用のおしゃれな服を買いに行ったり。早くふつうの生活を取り戻さないと死んでしまうと言わんばかり、やみくもに行動しはじめる。

《繭》の期間はほとんどの社員が在宅勤務になるから、明けるとみんなが出社して、《繭》の終わりを喜びあう。その様子がニュースに流れたりもする。

だから、《繭》明けに向けて、スーパーやコンビニ、飲食店、各種の物販店、どこもかしこもが仕入れに走る。

まあちょっと、気が早いけど。

今はまだ外出できないから、ビデオチャットやオンラインで仕入れを行い、現物はこの三日間に店舗に運び入れておこうということだろう。明けの準備を着々と始めているのだ。

《繭》の延長や、期間短縮についてはいろいろと思うこともあるが、元の生活にもどれると思えばやっぱりホッとした。

「よし、咲良。次の巡回に行くぞ」

『おうよ！』

面白いもので、もうじき明けるとわかっただけで、どことなく町に活気が戻っている。

自転車に乗り、いつものように前かごに咲良を乗せて、ぶらぶらと漕ぎだす。

「咲良、いつもより車が多いから、車道に飛び出すなよ」

『アキオな、オレさまを何だと思ってる？』

咲良がクールな銀色の目をこちらに向けた。

外見は愛らしい猫なのだ。

まだ近所のパン屋は閉めているが、二階に住んでいる店主が新作の準備でも始めたのか、いい香りが道路にまで漂ってきた。

――本当に《繭》が明けるんだな。

焼きたてパンの香りで実感が出てきた。

『アキオ。――あれ』

咲良の声が平坦で、うっかり聞き流すところだった。視線の先に、緑の家がある。パステルグリーンの壁に白い窓枠が美しい。

——おや、白い窓。

二階の黒いシャッターが開いていた。下を通りながら、ぽかんと口を開けて見上げてしまう。

シャッターの開いた二階の窓辺で、岡野コウが肘をつき、虚脱したような顔を空に向けている。

疲れきった表情だ。七日もかかりきりだった仕事が一段落したのだろうか。

マリコの姿は見えなかった。岡野コウは、下の道路を行き過ぎるこちらには一顧《いっこ》だにせず、どこか遠いところを見るような目をしていた。

「お疲れ。またな、咲良」

『おうよ。ゆっくり休めよ、アキオ。次の当番はすぐ来るぜ』

《繭》入りから数えて、ちょうど四週間めにあたる一日が終わった。

延長戦はあと三日だ。

午前九時ちょうど、交番を出て自宅に帰る。今日の当番は同期の松永で、咲良はそちらを迎えに行く。

いや——咲良ではない。筐体を咲良と共有している、松永に対応した人工知能だ。

午前九時になると〈人格〉が交代し、こちらには見向きもせず次の当番のもとへ駆けだしていくのだ。

——本当なら今日が、咲良との最後の当番だったんだな。

そんなことを考えてちょっぴり感傷的になり、少し歩いてから振り返ると、咲良の姿はとっくにどこにもなかった。三日後も、こんな感じであっさり別れるのかもしれない。

官舎にもどり、シャワーを浴びてぐっすり眠った。そろそろ疲れもたまってきて、目が覚めたのは夕方だったが、《繭》のあいだはあまりすることがない。

非番のたびに《羽衣》を使ってチャットやゲームの相手になってくれた松永は、今日の当番だ。

冷凍パスタをレンジで温める。昼を抜いたから腹ペコで、保存食の缶入りパンも開けることにした。交番での食事とあんまり変わらないが、べつにかまわない。食べながら、パソコンを起ち上げる。

——《繭》が明けたら何をしよう。

選択肢はよりどりみどりだ。

年代別、目的別などのキュレーションサイトが、さまざまな「《繭》明けイベント」を勧めている。

三日後に《繭》が明けると決まって、そればかり考えている人は多いだろう。

レストランが営業を再開するのを待って、美味しいものを食べに行こうか。

しばらく会えなかった友達に会おうか。

音楽ライブが解禁になれば、好きなバンドが出演する公演を探そうか。

なにより、青空や星空の下、誰にもとがめられず、マスクを外して自由に歩きたい。世界の甘やかな空気を、おなかいっぱいに吸いたい。

ソフトクリームを舐めながら花火を見上げて、屋台のたこ焼きを買いに走りたい。

世界に「おかえり」と言いたい。

それに、やりたいことがもうひとつある。

端末に、城川ユイの連絡先が入っている。咲良のやつが彼女に尋ねて、いつの間にか端末に登録したのだ。こちらの連絡先も、勝手に彼女に教えたらしい。

エロい目つきをして、『いいから誘えヨ』とのたもうていた。

――化け猫め！

咲良が何を考えているかはともかく、《繭》が明けたら真っ先に誘いたいのは城川ユイだ。まずは一緒に隣町の紅茶専門館に行く。

彼女はきっと、美味しいケーキや焼き菓子にも興味があるだろう。プリンやババロアやジェラートなんかも好きかもしれない。

七曜市のはずれに桃の果樹園があって、七月になれば食べごろの桃をアイスやパフェで食べさせてくれる。彼女を連れていったら、喜んでくれるだろうか。

レンタカーを借りてもいい。あるいは、《繭》当番の特別勤務手当がけっこうな金額になるから、それで中古車を買おうか。そろそろ自分の車が欲しい。

どんどん希望がふくらんでいく。

——《繭》が明けたら。

それは、こうなる前の世界と基本的には同じはずなのに、なんだかキラキラして見える。すごくいいものに感じられる。

夢と期待をせいいっぱいに広げて、ビールを飲んで、日付が変わったころにまた寝た。

ゆったりとした幸福感が身体のなかに満ちてきて、いくらでも寝られる気分だった。


朝、交番の富山からの電話で目が覚めた。

『ミンちゃんそっちに行ってませんか』

「ミンちゃん？」

目をこすりながらビデオチャットに出ると、富山の珍しく焦った顔があった。

——ああ、咲良か。

富山に対応する人工知能がミンだ。

「来てないけど、どうした？」

『いないんっすよ、どこにも。今朝は迎えにも来なくて、官舎から交番までの道の途中、どこかで会うだろうと思っていたら、交番に着いてもいなくって』

「うちに来てるわけないよ。松永に聞いてみたか？　今朝まで一緒だったはずだろ」

『聞きました。松永さんは朝の九時に交番でミンちゃんと別れたそうです。——あ、松永さんはハルコと呼んでましたけど』

松永のロボ猫はハルコなのか。いや、どうでもいいけど。

それはいつもの警察ロボの行動パターン通りだ。午前九時に前日の当番と別れて、次の当番を迎えに行く。

——それが、来なかった？

時計は午前十時を過ぎている。こんなにのんびり朝寝をしたのは久しぶりだ。

「電池切れで寝てたりしないかな」

『交番からうちに向かったはずですよね。その途中はずっと捜しましたけど、いなかったっすよ。もちろん、交番の周囲もぐるっと見回りましたし』

「交通量が増えてるだろ。あいつ無鉄砲だから、トラックの前に飛び出したりしてないか」

『無鉄砲だなんて、ミンちゃんはめちゃめちゃ慎重っすよ！　それに、交通事故なら事故報告が自動的に入りますから』

富山が正しい。警察ロボの性格が、対応する警察官ごとに異なるのも忘れていた。

「警察ロボにはGPSがついてるだろ。追跡してみたか」

『してみましたけど、何度やってもエラーになって』

――なんだかおかしいぞ。

咲良が消えてしまった。今朝の九時までは、松永と一緒にいたのに。

『先輩、オレどうしたらいいんすか――！　ミンちゃんがいないのに、オレひとりで巡回なんか無理っすよ――！』

飄々としているので忘れていたが、富山はほぼ新人だ。

「泣きごと言うなって。課長に電話して状況を報告してみろ。たまにはひとりで巡回するのも、自信がついていいかもしれないぞ」

少々罪悪感はあったが、無理やり突き放した。だいたい、特別な命令でもない限り、当番でない警察官は外出して咲良を捜しに行くこともできないのだ。

『今日が当番の最終日なのに――！』

半泣きの富山と通話を終えて、窓に近寄る。

ひょっとして、何か理由があってうちの近くまで来たりしていないか。外には出られないから、窓から周辺を捜してみる。

当たり前だが、くそ生意気な銀色の猫なんて、どこにもいない。

こんな狭い道まで、トラックが入ってくる。きっと、この向こうにあるパン屋に材料を運んできたか、コンビニに荷物を運んできたかだろう。明後日《あさって》から営業再開予定なのだ。

空にはどんよりとした灰色の雲が立ち込めていて、今にも雨が降りだしそうだ。咲良は防水加工されているから雨の日でも巡回できるが、それでも心配だった。

「――いったいどこに行ったんだ、咲良」

ロボ猫は、交番で休憩中に充電器のそばに寝そべり、無線で給電している。咲良がときどき交番の床で寝ているのもそのためだ。

ひょっとして、松永の勤務中に充電器が故障したのだろうか。いや、ロボ猫が自分の電池切れに気づかずに、翌日の勤務に向かうなんて考えられない。それなら松永になにか言ったはずだ。

咲良が頰に傷をつくっていたのを思い出す。反《繭》の活動家に攻撃されたと言っていた。また、そんなことが起きたのではないか。

知らないところで咲良が攻撃を受けたり、故障したりしているところを想像すると、嫌な気分になった。

筐体が壊れても自分は大丈夫と咲良は豪語していたが、本当だろうか。データのバックアップは署のサーバーに送られているはずだが、本当にもとの咲良にもどれるのだろうか。

内心、課長からの連絡を待ちわびていた。

咲良を捜すのを手伝ってくれないか。あるいは、富山ひとりでは心もとないから、一緒に勤務してくれないか。

そう言われれば、喜んで出勤して、ひとりででも咲良を捜す気だった。

だが、お昼に冷凍庫から引っ張り出したグラタンを食べ終えても、アイスコーヒーを入れて飲んでも、窓の外で小雨が降りはじめても、末次課長や富山からの協力要請はない。業を煮やして、昼過ぎにこちらから交番に電話をかけた。

『あっ、お疲れっすー。いま巡回の途中なんす』

富山のふだんと変わらない明るい声が聞こえて、なんだ咲良は見つかったのか、のほほんとして自分中心の富山らしく、人に助けを求めたことも、見つかったと報告するのも忘れてしまったのかと思った。

『課長と一緒に巡回中なんすよ。課長、水瀬さんです』

近くにいる課長に話しかけ始めたので、どうやらそんないい話ではないらしいと気がついた。

『ああ、水瀬君？　お疲れ。朝から騒がせたんだって？　悪いねえ』

音声通信だが、末次課長の笑い泣きするナマケモノみたいな笑顔が目に浮かぶ。

「いえ、それは問題ないんですけど。咲良は――ロボ猫はまだ見つからないんですか。課長が出勤を？」

『うん。松永君は当番に繰り入れられたばかりで連続勤務はしんどいだろうし、水瀬君は前にも二連勤をやってるからね。私が出るのが順当だよね』

人のいい末次課長が、自分に言い聞かせるようにそう言った。

『それに、ロボ猫がいなくなった件で、始末書を書かなくちゃいけないんだよ。まったく、どこに行ったんだろうね。あれ、警察庁が音頭をとって開発させたものなのに、消えるとかありえないよ』

末次の口から、とめどもなく愚痴が漏れだしそうだ。

「外出許可をいただけるなら、ロボ猫を捜しますけど――」

『いや、いいよ。水瀬君は大事な最終日の勤務があるからね。ロボ猫はどこかから出てくるかもしれないし。そのかわり、明日はロボ猫なしで、ひとりで勤務してもらってもいいかな』

課長が今日勤務しているので、明日は応援に入れる人がいないのだ。

「わかりました。明日はなんとかします」

――一日かぎりのことだし。

『頼むよー』

ホッとしたように課長の声が緩んだ。

「だけど課長、ロボ猫は住民に協力を呼びかけて、捜したほうがいいんじゃないですか。あれだって警察署の資産ですし」

『そうだよー。可愛い顔して、めちゃめちゃお高いんだって、価格。なくしたなんて言ったら、署長に大目玉くらうよ。だいいちあれ、警察署のシステムにアクセスできちゃうしね』

緩みかけた課長の声が、またしても萎縮して泣き声になる。しまった。

『盗まれたのかなあ。あんなもの盗まれて、誰かに悪用されたらやだなあ。迷子のポスターを貼るわけにもいかないし、あとで管内の住民全員の端末に、「見かけた方は交番に連絡を」ってメッセージを送っとくわ。水瀬君、咲良の写真ってある？』

「えっ、咲良の写真――ですか」

わざわざ咲良にカメラを向けたことはない。とまどっていると、向こうで富山が何か言ったらしい。

『あっ、大丈夫だった。富山君がミンちゃんを毎日撮ってたんだって』

――富山、なにやってんだ。

だが、写真があったのは幸いだった。

『たぶん、《繭》が明けたら一斉捜索になると思う。それじゃ、また何かあったら知らせるねー』

課長がのんびりした声で言った。たぶん、咲良がいなくなったのがショックすぎて、反応がおかしくなっている。

通話が終わるとすぐ、富山から写真つきのメッセージが送られてきた。

『ミンちゃんでーす。可愛く撮れてますよね』

咲良と同じ顔とボディ。だけど、雰囲気が違う。咲良はこんな、媚びるような甘えた表情は見せない。もっとクールで、さらっとしている。

不安は募るばかりだ。咲良についている受信機の番号にかけてみる。

『おう、咲良だゼ！』

いきなりそんな声が流れたときには「なんだ、咲良」と話しかけたが、すぐ録音された自動応答だとわかった。

『オレさまはいま、電池が切れて寝ているか、電波の届かないところにいるらしい。また後でかけ直してくれヨ。じゃあな！』

咲良に電話したのも初めてだ。

──そうか、こうなってるのか。

変に感心したけれど、連絡が取れないことには変わりない。テキストメッセージも送ってみたが、いつまでたっても既読がつかなかった。

「おまえ、どこにいるんだよ。咲良」

たった四週間、それも三日に一度、一緒に仕事をしただけの仲ではある。

おまけに相手は人工知能だ。

それでも咲良が心配だ。口の悪い、可愛い顔してオッサンみたいな、そのくせ意外に優しいことも言う、猫みたいなロボットがそばにもどってくればいいと思う。

警察官ひとりひとりの気性や経歴によって、警察ロボの性格設定も変えてあるというけれど、咲良が自分にあてがわれた理由はまったくわからない。

だけど、あのさっぱりした性格は、見ていて気持ちがいい。

——もし《繭》が終わっても咲良がいてくれるなら、海や山にも連れて行ってやるのに。一緒に花火を見られるのに。

その想像はちょっと気に入った。

花火を見上げる自分。隣にいる城川ユイ。足元にうずくまる咲良。

電話が鳴った。

『あのう、交番の水瀬さんの番号ですか？』

ビデオチャットに城川ユイの顔が表示され、妄想からいっきに現実に引きずり出されて顔から火が出そうになった。

彼女は、耳から顎にかけて、くるんとカールした茶色い髪をふわふわさせながら、なぜか心配そうにこちらを見ていた。

『お休みのところ申し訳ありません。水瀬さんの当番は明日ですよね』

「えっ、そうですけど、もちろんかまわないです！　お電話ありがとうございます！」

何かの営業のような受け答えをしてしまって、自分の気の利かなさにへこむ。

『咲良ちゃん、どうかしたんでしょうか』

「咲良ですか――」

『さっき、交番の方がパトロールされるのが見えたんですけど。咲良ちゃんの姿が見えなくて、警察官の方がおふたりで』

彼女が心配そうな理由がわかった。

――部外者に話していいものだろうか。

だが、咲良は彼女と言葉を交わしていたし、咲良だって「警察官」みたいなものだ。

「咲良――というか七曜駅前交番の猫型ロボットは、今朝から姿が見えないそうなんです。今日の当番も心配して、さっき電話をかけてきたんですけど」

まあ、富山が心配していたのは、今日の当番をぶじに終えられるかどうか、ってことだったかもしれないが。

この答えは、城川をそうとう驚かせたようだった。

『姿が見えないって、ゆ――行方不明――ってことですか？』

「人間ならそういうところです」

『そんな、どうしたら』

城川が急に慌てはじめ、ついで画面から突然、姿を消した。

「城川さん――？」

『これ、タンタンとお散歩していて見つけたんです！　明日、水瀬さんのパトロール中に話しかけてお渡しするつもりでした』

飛び込むように画面にもどった城川が、手にしたものをカメラに押しつけた。

「それ、まさか――」

繊細な純白のレース。

焼き菓子と一緒に城川がくれて、気に入ったらしく咲良がずっと首に巻いていたやつだ。考えてみたこともなかったが、咲良以外の人工知能たちも、あのレースのリボンを巻いていたのだろうか。

「いつ見つけたんですか？」

『今朝です、今朝の十時すぎ！』

「ど、どこで――」

『散歩の途中でしたので、どう説明すれば――そうだ。端末に移動ルートの記録があるんです。地図に印をつけてお送りしますね！』

「ありがとうございます、城川さん！　咲良がいなくなったと聞いて心配で――。ちなみに、見つけた場所の周囲に、なにか目印になるようなものはありましたか？」

『目印ですか――ふつうに住宅街のまんなかというか――。あっ、そうだ。私、大好きな緑色のおうちがあるんです。きれいなパステルカラーの壁に白い窓がある、とっても可愛いおうちなんです。そのおうちの前あたりだったと思います』

悪寒がしてきた。

それはおそらく緑の家――岡野家のことだ。

咲良は岡野コウを疑っていた。

交番から富山を迎えに行くと、緑の家の前をたしかに通る。

前を通りかかったとき、咲良は気になるものでも見たのだろうか。

いや、待てよ。今朝あそこを通りかかったロボ猫は咲良ではなく、富山に対応するぶりっ子キャラのミンだ。彼らは情報を共有しているが、行動パターンは異なる。

咲良なら、何か見かけたらまちがいなく敷地に飛び込んでいくだろうが、ミンが同じようにするとは限らない。

――だけど。

外から見れば、同じ猫型ロボットだ。

咲良とミンは、外見では区別できない。だから先ほども、城川ユイがミンのことを咲良と呼んだ。

富山が送ってきたミンの写真を見れば、咲良を知っている者ならふんいきの違いに気づくかもしれないが、よく知らなければ同じ猫型ロボットだと思うだろう。

った。

（――なんだ。この猫は人工知能なんですね）

岡野コウの目つきを、ふいに思い出す。あのとき彼は、咲良に強い関心を抱いたようだった。

ひょっとして、咲良＝ミンが自分から入ったのではなく、誘拐されたのなら――。

『水瀬さん――？　あのう、大丈夫ですか』

おずおずとした城川の声で、われに返った。

「城川さん、すみません！　有力な情報をありがとうございます」

『お役にたてたなら、なによりですけど――』

「もう、めちゃめちゃありがたいです！　少し心当たりもありますので、明日になったら自分でも捜してみます」

念のために、タンタンの移動ルートの記録と、リボンを見つけた場所の地図上の位置を送ってくれるよう頼んだ。

『咲良ちゃん、本当にいい子ですよね。早くぶじに見つかるよう、祈ってます』

――咲良に聞かせてやりたい。

城川は咲良を「いい子」だと言うけれど、本当に「いい人」なのは城川だ。

通話を終えて、これからどうするか考えた。

咲良＝ミンは、今朝九時から十時までのあいだに岡野家の前を通りかかり、レースのリボンを落とした。

おそらく、その近くで何者かに拉致《らち》された。

たぶん——岡野コウに。

電話しても連絡が取れないし、位置情報も辿《たど》れないのは、故障しているか、電池が切れているか、電波の届かないところにいるか——。

それで思い出した。咲良が言っていたではないか。

岡野家の二階には、シャッターを下ろすと電磁波を遮断できる部屋がある。

咲良を拉致したのは岡野だ。だが、それを証明できるものはない。

レースのリボンが落ちていた。岡野の部屋なら電磁波を遮断できるから、咲良と連絡がつかない理由になる。でもそんなのは、状況証拠でしかない。状況証拠だけでは、こんな時期に令状を取って家宅捜索なんかできない。

岡野が咲良に興味を持ったのはわかっている。だが、咲良が岡野に連れ去られたと証明するには、どうすればいいのだろう。

「——近くに防犯カメラがあればなあ」

岡野家の周囲はいわゆる郊外の住宅地で、コンビニや銀行など、防犯カメラのありそうな店舗や施設がない。

城川ユイから、今朝のタンタンの散歩コースと、地図が送られてきた。彼女が話してくれた通り、レースが落ちていたのは緑の家の前でまちがいなさそうだ。

考えたすえ、末次課長に電話をかけた。交番にもどったらしく、休憩室でお茶を飲みながらビデオチャットに出てくれた。《繭》だから、富山とは同じ部屋にいられないのだ。

『どうした？』

「今日、交番の近くにある緑の家の二階、黒いシャッターは下りてましたか」

突然の妙な問いだったが、末次課長は『閉まってたよ』とすぐさま答えた。

『あの家、パステルカラーで可愛いよね。通るたび、見ちゃうんだ』

なるほど、あの色づかいは近隣の建物のなかでも目立っている。女性の目を引く色でもあるのだろう。

これで、一昨日はいったん開いた緑の家のシャッターが、また閉まったことがはっきりした。

「課長、ロボ猫の件で、聞いてもらいたいことがあるんです」

岡野家の構造から、咲良が関心を抱いていたこと、城川の証言など、知っていることを説明すると、末次課長がしばらく唸っていた。

『でもそれ、難しいよね。もし、あの家にこれから私と富山君が行って、うちのロボ猫来てませんかって尋ねたとするじゃない。本当に拉致したんなら、来てませんって言って壊して廃棄するでしょ。バレたら逮捕されるし、目をつけられてることはわかってるけど、証拠がないんだから』

「そうなんですよね」

騒ぎ立てると、かえって咲良を危険にさらすかもしれない。

『しかし、電磁波を遮断する部屋？　こんな田舎で、どうしてそんな部屋が必要なんだろうね。特殊な仕事をする人？』

「課長もそう思いますか」

咲良も変だと言い続けていた。あの言葉をまともに受け止めていれば良かったのか。

――あれっ。

なにか、妙に引っかかった。

『どうした？　水瀬君』

「いえ――。岡野さんが二階の部屋に閉じこもったの、七日間だったんですけど」

『七日もひとつの部屋に居続けるってすごいよね。風呂にも入らずに。わたしムリ』

「《繭》の一週間延長が発表された日の何日か前から、閉じこもりが始まったんです。で、三日間に短縮された日に出てきたんです」

『んんん、それがどうかした？』

――証拠はない。証拠はないが――。

「ひょっとすると、岡野さんは《繭》の人工知能をメンテナンスする人なんじゃないでしようか」

『人工知能の技術者ってこと？』

課長が黙り込んだ。

「咲良を見たとき、人工知能だと気づくと強い興味を示したのも、それなら納得です」

キイロが言っていたではないか。《繭》が新型ウイルス感染の動向について正確に予測できるよう、今でも常にシステムのパラメータを調整し続けているのだと。

（——そうですね。《繭》延長の発表があったのは昨日ですから、遅くとも三、四日前までに、調整屋にはわかっていたと思います）

岡野コウは、システムが《繭》延長の指示を出すことを、人より先に知っていた。だがそれは、社会に大きな影響を及ぼす決断だ。

だから、その情報が外部に漏れないように自室に閉じこもり、《繭》の指示が正しいかどうか、シミュレーションをくりかえした。

『それこそ、推測でしかないよねえ。ロボ猫がいなくなったことと、何か関係ある？』

たしかに、なんのために岡野がロボ猫を必要としたのか、気になるところだ。

「——ロボ猫の充電器は、交番に置いたままですよね」

『うん。今も目の前のコンセントに刺さってるよ』

「充電なしで、何日もつんでしょう」

『ちょっと待って。ええと、仕様では三日くらいだって』

今朝までのどの時点で充電したのかわからないが、今日、明日くらいは大丈夫だろう。

「明日、巡回のついでにロボ猫を捜してみます。手がかりが見つかるかもしれませんし」

課長がため息をついた。

『そうだね。私も心がけておくよ』

通話を終えて、しばらく放心していた。

――課長、ひょっとして諦めてるのかな。

課長は今回の《繭》の当番ではないから、ロボット猫と一緒に仕事をしていない。だから、口うるさいけどどこか人間に寄り添うような、ロボ猫の生態をよく知らないのだ。

いや、待て待て。

今いちばん頼りたい相手は、ほかならぬ咲良だが、咲良には頼れない。

頼れるのは自分だけ。

とにかく考えよう。

岡野コウが咲良を拉致したと仮定する。咲良は岡野家の二階、シャッターを閉めて電磁波を遮断したあの部屋に閉じ込められている。

――どうして？

岡野はどうして咲良を拉致したのか？

そこで気になるのが、岡野が《繭》システムのメンテナンスを担当しているのではないかという仮説だ。

——詳しい人がいるじゃないか。

急いで佐古に電話をかけ、花岡キイロの連絡先を尋ねた。アニメの脚本を書いているという佐古は、平日の日中でもふつうに連絡が取れる貴重な友人だ。

『水瀬の連絡先を教えて、電話してもらうように頼んでみるよ』

佐古がそう請け合ってくれ、しばらくすると知らない番号から電話がかかってきた。

『《繭》システムの詳しい内容に関しては、厳しい守秘義務契約があって、ほとんど喋れないんですよね。まあ、私もお調子者なんで、ついいろいろ言っちゃうんですけど』

キイロは、ぺろっと舌を出して笑った。

「花岡さん、急に連絡してすみません。教えていただきたいのは、《繭》システムそのものの中身ではないんです」

警察官がアシスタントとして使うロボット猫が姿を消したこと、ひょっとすると、交番の近くに住む人が《繭》システムの調整屋で、彼がロボ猫を拉致したのではないかと疑う理由があることなどを話した。

キイロは、興味深そうに黙って聞いている。

「それで、《繭》システムの調整屋が警察のロボ猫に興味を持つ理由があるかどうか。もしあるとすれば、どんな使いかたが考えられるか、教えていただこうと思いまして」

『いやあ、私だって興味津々だけどねえ。ロボ猫って、警察のシステムにアクセスできるんですか。犯罪の発生状況とか、統計とか、報告書とか』

「できます。通信装置をそなえているので、どこからでも情報を引っ張れます」

『全国の警察署？』

「いえ、管轄がありますから、管内の情報だけですね」

『そっか。いや、それでも喉から手が出るくらい欲しい情報じゃないかなあ』

たしかに、キイロ自身が目をキラキラと輝かせている。

『いま《繭》の担当者が知りたいのは、どうしてアレの新規感染者数がゼロにならないかなんですよ。本当なら、《繭》入り二週間でゼロに近づくはずでしたからね。だけど、正直そこまで減ってない』

「全国でまだ三桁台の感染者が出ていると聞いて、驚きました」

『でしょ。《繭》を運用する側としては、これはどこかにルールを破っている人がいるからだと考えるわけですよ。《繭》のルールって、厳格ですからね。でも、どこで何人が外出していたかなんて、警察くらいしかデータを持ってないし、警察はそれを公開しませんから』

「たしかに、七曜市でも反《繭》の活動家が無断外出容疑で何人も捕まってます。そういうデータなら、ロボ猫が取れます」

『何日に何人が無断で外出していたか、わかったとするじゃないですか。それと、七曜市内の感染者数をつきあわせて、相関を調べるんですね。七曜市内で感染者数の動きと、ルール破りの件数に相関が見つかれば、全国的にもきっと同じことが起きているんだと推測が成り立ちます』

「そうか――」

そういえば、咲良がいばっていた。

今のご時世、データは宝物なんだ。データの利用価値を理解できるかどうかで、世界が変わるんだと。

『そして、最近の外出者数がわかれば、今後の感染者数も予測がつきます。明後日になれば《繭》が明けるので、その後どんな状況になるかも精緻に見積もりができます』

キイロの言葉をどこまで理解できたかはわからない。だけど、彼女のおかげで、《繭》システムの調整屋なら、まちがいなく咲良を欲しがるはずだということはわかった。

「花岡さん、ありがとうございます。おかげさまで、糸口がつかめたようです」

『お役に立てたなら、良かったです。猫型ロボットちゃんによろしく』

キイロの話を聞いて、咲良と連絡を取る手段を思いついた。

咲良は通信装置を装備している。こちらから電話しても、電波が届かないとか電源が切れているとか言われてしまうが、なんらかの手段で岡野は咲良を通信網に接続しているはずだ。

そうして、警察システムに登録された情報を検索させている。

こちらも自宅から警察システムにアクセスすることは可能だ。めんどくさいけど。

日報のシステムを起動し、明日の日報を今から作成し始めた。明日の日付を入力し、作成者の名前は水瀬アキオだ。同行者の欄には、「咲良」と打ち込んだ。

『午前十時、一回めの巡回開始。落としものがあったそうなので、立ち寄る』

――咲良、頼む。見てくれ。

明日の十時に、緑の家に立ち寄ることがわかれば、咲良ならきっと行動を起こす。

いや、ロボ猫の表面に出ているのは咲良ではないかもしれないが、きっとなんとかしてくれる。


朝、迎えに来るロボ猫はいない。

今回の《繭》最終日は、あいにくの曇り空だった。午後から降るかもしれないが、今のところはまだ、重そうな灰色の雲をどうにか支えている。

午前九時前、制服を着てマスクを着用し、官舎を出発した。

富山と末次課長は午前九時ちょうどに交番を出る。彼らと会わないように、時間を少しずらして交番に到着する。

誰もいない、空っぽの交番に。

昨日の日報を開くと、富山が書いたらしい、もたもたした文章が並んでいる。ミンがいないので自分で書くしかないのだが、《繭》入り前はみんなそうしていたのだ。

――楽なやりかたを覚えたら、元にもどすのは大変だなあ。

泣きを入れる富山を、末次課長がなだめたりすかしたりしながら、どうにか自力で日報を書かせ、自信をつけさせるところが想像できた。

――課長、お疲れさまです。

日報の最後には、課長が承認したというコメントも追記されている。ロボット猫が消えた件も、付記《ふき》されていた。

今日の分の日報は、昨日、途中まで書き込んだままだ。

咲良が見たかどうかはわからないし、何か追記されたわけでもない。

だけど、咲良が見たと信じて、行動を起こすしかない。

こんなときに限って、一一〇番通報が入ったらどうしようかと、ひやひやしながら時計を見つめていた。

時計が十時を告げた。

――よし。

　本日、一回めの巡回開始だ。

　出かける前に〈こまゆ〉を装着した。逮捕など、誰かに接近する可能性が高いとき用の装備だ。宇宙服みたいなヘルメットがついているので、頭が少々重い。万が一、岡野コウと格闘になってヘルメットが脱げたときのため、こまゆの内側にはマスクも装着した。

　交番を出て歩きだす。道の向こうに、いまマンションから出てきたばかりのヨークシャー・テリアのタンタンと、城川ユイが佇《たたず》んでいる。

　城川は、タンタンのリードをガードレールに結んで、その場から距離を取った。

　思えばいつもこんなふうに、彼女がタンタンやシロチャンを連れているところを遠目に見守るか、咲良を介して会話するか、インターフォン越しに話すかだった。

　城川のかわりに、タンタンのリードを手に取った。

「城川さん、ありがとうございます。タンタンをお借りします。必ず、ぶじにお返ししますから」

　タンタンがしっぽを振っている。

　タンタンの散歩時刻は、午前十時からの三十分。その間だけ、自宅から二ブロック先まで、飼い主ともども外出が許される。幸運なことに、交番と緑の家は、どちらも城川のマンションから二ブロックの距離におさまるのだ。

　昨日のうちに城川に連絡して、今日の散歩のあいだ、タンタンを貸してほしいと頼んでおいた。彼女は快く許可してくれ、こうしてタンタンを渡してくれたのだ。

「水瀬さん。タンタンの首、見てください」

城川が手を振って、一生懸命タンタンを指さし、自分の首も指さしている。

タンタンの首に、小さな鞄《かばん》がつけられていた。中に、白いレースのリボンが入っている。緑の家の前に落ちていたものだ。

「ぶじに咲良ちゃんを取り返してくださいね」

マスクをつけた城川が、頬のまわりをふわふわと飾る髪を揺らした。

しっかりとうなずいて、タンタンを連れて歩きだす。城川がじっと見守っている。

「タンタン、今日の散歩はこっちなんだ」

リードを持つ人間が変わると歩きにくいのか、タンタンがどことなく不思議そうに、ちらちらこちらを見上げている。

「そんなに遠くないからな」

もう、すぐそこが緑の家だ。

今日もシャッターが閉まっている。しばらく耳を澄ませたが、静かなものだ。

インターフォンを鳴らした。

『――はい』

女性の硬い声が応答する。岡野マリコだろう。

「七曜駅前交番から来ました。お話がありますので、玄関を開けていただけませんか」

こまゆを着た警察官の姿が、インターフォンのモニターにも映っているはずだ。マリコは何ごとかと慄《おのの》いているかもしれない。

『――あのう、お話って、どういうご用件でしょう』

「昨日、交番のアシスタントロボットが行方不明になりました。足取りをたどると、岡野さんのお宅に入ったようなんです」

『――ロボットなんて来ておりませんけど』

「先日そちらにお邪魔した猫型です。首につけていたリボンが、お宅の前に落ちていまして。お宅の庭かどこかに入り込んだのかもしれません。すみませんが、警察犬も連れてきましたし、万全を期して感染防止用の特殊ヘルメットもかぶってきました。門を開けて、敷地内に入らせていただけますか」

タンタンが、まるで示し合わせたようにウォンと吠えた。

しばらくすると、玄関の扉が正真正銘の「しぶしぶ」という感じで開き、マリコが顔を覗かせた。

「あ、こんにちは。七曜駅前交番の水瀬です」

ぺこりと頭を下げると、こまゆとタンタンに目を留め、先ほどの説明が嘘ではないと判断したようだ。なにかに怯《おび》えたような表情のまま出てきて、門扉の鍵を開けてくれた。

タンタンだって、見ようによっては警察犬に見えなくもない。目にかぶさりそうな前髪や、のんきな表情を見ればどうかと思うが。

とにかく、さっさと仕事をすませるに限る。

「ありがとうございます。では失礼します」

城川ユイの話によれば、タンタンは戸外より屋内が大好きなんだそうだ。門扉が開き、岡野家の玄関の扉が開いていると見るや、よその家なのに喜んで玄関に駆け入ろうとした。おかげで助かった。もしタンタンがそうしなければ、下手な小芝居を打たねばならないところだった。

「これ、待ちなさいタンタン！」

大声で叫んだ。リードを握っているのでタンタンは玄関先のポーチでうろうろしている。

「あの、家の中はちょっと――」

「岡野さん。この犬には、警察ロボットの匂いを嗅がせているんです。つまり、この子が家の中に向かったということは――」

ウォン！　とタンタンが屋内に向かって吠える。いいぞ、なかなか勇ましい感じに見える。いかにも警察犬らしい。

「でも、まさか――」

マリコは本当に知らないのかもしれない。彼女が顔を歪《ゆが》めたとき、二階でドーンと何かが壁にぶつかるような音がした。

『アキオ！』

かすかだが、咲良の声が聞こえた。

「上だ！」

やっぱりまちがいなかった。咲良はここの二階にいる。十時の巡回にあわせて緑の家を訪問すると書いておいたので、玄関の物音に耳を澄ませていたのに違いない。

「警察ロボの居場所に関する重要な手がかりを発見した。これより岡野家の室内に入る」

ヘルメットの外側にはカメラ、内側にはマイクがついていて、きちんと時刻や位置情報などの記録を残してくれる。咲良がいないので、記録がなければこちらの過失とされる恐れもあるのだ。

玄関に飛び込むと、タンタンが嬉しそうにしっぽを振りながらついてくる。

「待って！　二階は困ります！」

マリコが困惑したように叫んだが、立ち止まることなく階段を駆け上がった。

油断なく身構えながら、先日、岡野コウが出てきた奥の部屋の扉をたたく。

「岡野さん！　駅前交番の水瀬です。さっき声が聞こえました。そこに警察のロボット猫がいますね。ここを開けてください。抵抗すると罪が重くなりますよ」

足元をタンタンがキャンキャン吠えながら駆け回った。マリコは階段の中ほどから、不安そうにこちらを見上げている。

「岡野さん！　ロボット猫の誘拐は、警察の備品の窃盗になりますよ」

長いこと反応がなかったので、岡野は出てくる気がないのかと心配したが、やがて鍵を開ける音がして、内側へ静かにドアが開いた。

銀色の物体が、顔めがけて飛びついてきた。

『アキオ！』

「咲良！　前が見えないだろ！」

――顔にしがみつくんじゃない。

身軽に飛び降りた咲良が、フローリングの廊下で跳ね回るタンタンとぶつかりそうになり、大慌てで避けた。

『いっやあ、ぶじに会えて良かったゼ。よう、タンタンも元気か！』

後ろ脚でひょいと立ち上がり、軽い調子でタンタンに挨拶している咲良の向こうに、立ったまま腕組みしてこちらを見ている岡野コウの姿があった。また痩せて、頬がこけて、無精ひげが伸びている。だけど、彼が咲良を誘拐したり、なりふりかまわず仕事をせざるをえなかった事情がなんとなくわかった今は、むしろ気の毒にも感じていた。

「岡野コウさん。事情をお聞きしたいので、ご足労ですが交番までご同行願えますか――と言いたいところですが」

言葉を切ると、岡野が不審そうに目を上げた。

「署の留置場も、いま定員いっぱいで、新しい被疑者を受け入れるのが難しい状況です。ここでお話を伺ってもよろしいですか」

「あ――ああ。それなら、一階のリビングで」

「お仕事のほうは大丈夫ですか。《繭》のシミュレーションは」

室内に注意を向けさせるように顎をしゃくると、岡野ははじめ驚いたようだったが、やがて細い吐息を漏らし、ゆっくり首を横に振った。

「――もういいんだ。大丈夫」

「では、あらためて一階でお話を伺います」

「知っていたんですか。私が《繭》のシステムに関係していると」

「いろいろ推理すると、それしかないかなと」

「ほう。それは」

岡野の口ぶりに、感心したようなニュアンスが感じられた。

咲良が先に立って階段を下りていき、タンタンがその後を追いかける。ピンと立った二匹のしっぽが、同じように揺れているのを見て、思わず笑みがこぼれた。

こまゆを脱ぐわけにはいかないのでコーヒーを断り、タンタンのために水だけをもらうことにした。

岡野家の居間は広々として、観葉植物があちこちに置いてあったり、大きなヨガマットの敷かれた空間があったりする。カメラやマイクのセットも設置されているので、ビデオゲームもあの空間でやるのだろう。サッカーもできそう——というと大げさだけど。

全体に居心地がよくて、温かみのあるインテリアだった。

クッションのいい深緑色のソファに腰を下ろし、岡野コウの話を聞いた。

タンタンは、椅子の足を抱えるように寝そべり、咲良はそのタンタンのそばに座り込んで耳を傾けている。

「つまり、《繭》の延長期間を短縮した場合、その後の感染状況がどうなるかシミュレーションしたかったんですよね？」

「その通りです」

岡野は、いったん洗面所に行って顔を洗い、さっぱりした表情になって戻ってきた。

容疑はロボット猫の窃盗だ。咲良が人間なら、誘拐とか拉致とか、もっと重い罪名をつけられるが、人工知能搭載とはいえロボ猫は警察の備品扱いなのだ。

咲良が家の中にいたことは言い逃れができない。そのせいか、岡野はさほど抵抗せずに口を開いた。

「この件は本来、守秘義務契約を結んだ人としか、話すことができません。だから、妻にも話したことがありません」

　部屋の隅でマリコがうなずいている。

「もう、話していいんですか」

「警察官にも守秘義務があるでしょう。警察の事情聴取なんだから、かまわないですよ。こんな事件を起こしたら、どうせ私はクビでしょうからね。いや、しかたがないんです。クビになって当然のことをしましたし、それに今回の《繭》で、いろいろ理不尽さを思い知ったので、いっそ辞めたいですね」

　岡野の説明は、だいたい推理した通りだった。

　二階の部屋は、《繭》システムのメンテナンス時に、情報が漏れることを恐れて、電磁波を遮断する設計になっている。だから、咲良にメッセージを送ったり電話をかけたりしても、電波が届かなかった。

　新型感染症が発見され、国内にも感染が広がっているとわかったとき、会社の指示を受け、岡野は《繭》システムを使ったシミュレーションを始めた。いつから《繭》を始め、いつ終わらせるべきか。

「そうか。だから、《繭》に入る前にも、しばらくシャッターが閉まっていたんですね」

《繭》が始まってしまえば、岡野の仕事は終わりだ。だからシャッターが開いた。

　二週間後には感染状況が落ち着くはずだったが、いっこうに落ち着かない。それを受けて、三週めから《繭》システムでシミュレーションを繰り返した。

岡野家の二階のシャッターが閉まった時期に、ちょうど重なる。

「そのとき、システムが出した結論は、《繭》の三週間延長でしたが、却下されて」

「却下ってあるんですか」

「三週間も延長すれば暴動が起きるって言われると、私たちもどうしようもないですからね。しかたなく、政府の主張を受け入れて一週間だけ延長すればどうなるのか、シミュレーションし直してみると、二か月後にはまた《繭》に入らねばならないという結論が出たんです」

初めて聞く話に驚かされた。

「一週間でもムリだと言われて。最終的には三日だけ延長して終わらせることになりました。そこは政治判断なので、《繭》システムは関知しないところですね」

延長期間が三日に短縮したと報道された日、岡野が二階の窓を開け、妙にすがすがしいような、ふっきれた表情を見せていたことを思い出す。

「なんていうか、諦めたんです。私たちがどれだけ真剣にシミュレーションしても、政治判断で却下されるので」

苦笑いする岡野が、なんだか痛々しい。

「咲良を誘拐したのは、その後ですね」

「なぜ感染者数が減っていかないのか、どうしても納得できなくて。そこに、ロボット猫が現れたでしょう。警察のシステムにアクセスできる。それなら、《繭》のルールがどのくらい破られているのか、七曜市だけでもデータが取れるんじゃないかと考えたんです。気がつくと、どうしてもやってみたくなって」

「それで、シミュレーションの結果はどうなりましたか」

おおいに興味を抱いて尋ねた。一週間の《繭》延長でも、二か月後にはまた《繭》に入らなければならないというのに、それが三日に短縮されれば、どうなるんだろう。

岡野がため息をついた。

「まず、ロボット猫のおかげでわかったことは、《繭》のルールに反発する——反《繭》の人たちが予想以上にいて、感染拡大に影響を及ぼしているってことです」

それはまちがいない。今も、七曜署の留置場はいっぱいだし、留置場に入る前に検査を受けたら感染していることがわかり、まっすぐ病院に送られた人もいる。

「水瀬さん。今からお話しすることは、ぜったい誰にも言わないでくれますか」

「犯罪に関係することでなければ」

「《繭》の延長を三日間にした場合、私たちは二週間後にはふたたび《繭》に入らなければなりません」

岡野の言葉が、じわじわと腹の底に落ち着いて、その意味が浸透するまでしばらく待たなければならなかった。

——二週間だって。

岡野がため息をつく。

「驚きますよね。当然です。《繭》は短期間で新型ウイルスに打ち勝つのが目的なのに、たびたびくりかえすようでは意味がない」

「——つまり、明日いったん解除されても、あっという間に次の《繭》が来るんですね」

「この数十年で、こんなことは初めてです。しかも、新しいシミュレーションの結果によれば、二週間後に始まる《繭》は、何年も続く可能性があります」

「ど——どういうことですか」

思わずつかえてしまった。何年も続く《繭》なんて、聞いたこともない。

「もちろんこれは、シミュレーション上の話です」

なだめるように岡野がうなずいた。

「どうせ政治的判断をして、適当なタイミングで切り上げるのだと思いますが——そうすると、今度はまた次の《繭》がすぐに来るか、あるいは」

口ごもった岡野が、気まずそうにうつむいたので、想定される未来がよほど良くないのだろうと想像がついた。

「あるいは——」

「もう、《繭》に入る意味がなくなるかもしれません」

ギョッとした。

何年も《繭》が続くと言われたことより、《繭》に入る意味がなくなると言われたことのほうが、ずっと深刻で衝撃的だった。

「《繭》が効果を発揮するのは、ウイルスの拡散が限定的な時期だけです。《繭》に入っているあいだに、外の世界のウイルスをゼロにできるから。特に日本のような島国だと、国内でのウイルスをゼロにしてしまえば、あとは海外から持ち込まれるのを防げばいいわけでしょう」

「それじゃ、ウイルスが拡散しすぎてしまったので、もう《繭》に入ってもウイルスはゼロにならないってことですか」

「ウイルスは潜伏しますから。あちこちにウイルスを持った人が散らばってしまうと、《繭》を発動したところで、四週間やそこらではおさまりません。まして、《繭》の外に出る人がこんなにたくさんいてはね」

「そうしたら――どうなるんですか。どうしたらいいんですか、《繭》の効果がなくなったら」

「効果がなくなるわけではないんですよ。ですが、短い期間で落ち着かせるのは難しくなります。ワクチンを接種して、新型ウイルスに効く薬の開発を待ち、しばらくはだましだまし、やっていくしかない」

——だましだましと言われても。

岡野が微笑んだ。

「大丈夫ですよ。人類が感染症と戦うのは、これが最初でも最後でもないですから。人類はこれまで、感染症に負けたことはないんです。必ず最後は勝ってきました。今回も必ず打開策が見つかります。もしも《繭》が有効な手段ではなくなっても、別の新しい方法を考えればいいだけですから」

「——そう願いますけど」

岡野の見かたは楽観的すぎるようにも感じたけれど、そう考えるしかないことも確かだ。

「それで——」

岡野が困った顔をした。

「私はどうすればいいでしょう？」

それが問題だ。

窃盗犯だし、不正アクセスもしている。供述調書を作って——と考えていたら、咲良がいきなり靴の上に乗って、注意を引いた。

『アキオ、その件だがナ』

「なんだ咲良」

『岡野がオレさまたちを拉致したというより、実は進んで協力したやつがいてナ』

――咲良のやつ、何を言いだすのか。

「協力したやつがいた？　どういうこと」

『うん。《繭》システムのシミュレーションに警察のデータが必要だと考えて、協力していたんだ。ニ、ニ、ニルヴァーナが』

「――ちょっと待て」

ロボ猫にそんなキャラクターがいるなんて、初耳だ。ニクマル、ミン、ハルコ、そして咲良。その四種類ではないのか。

――ニルヴァーナ？

『ニルヴァーナ――ニルは、テスト用のキャラなんだヨ』

咲良が銀色のとがった顎を持ち上げた。

『オレさまはアキオに対応してるだろ。ニクマルは宮坂、ミンは富山に対応して、それぞれ個別に作られたんだ。それ以外にも、ロボ猫の開発をするときにナ、テスト用に汎用《はんよう》型のキャラクターをひとつ作ったんだ。広報活動にも必要だろ、お披露目しなくちゃならないし。報道に登場したのがニルだ』

昨日、富山を迎えに行こうと緑の家の前を通りかかったとき、ロボ猫はミンだった。岡野がそれを咲良と勘違いして、家に誘いこんだ――そこまでは確かだ。

『だけど、対応すべき富山がいないから、びっくりしたミンが引っ込んでしまって、汎用型のニルが表に出たんだ。だけど、はっきり言って、逃げようと思えば逃げられるじゃないか。岡野だって仕事場の椅子でウトウトするし、トイレにも行くし。でも、ニルは逃げなかった。この開発協力は、人間にとって必要なものだと考えたから』

「つまり――」

咲良が何を言おうとしているかわかり、口ごもる。

『つまり、これは犯罪とは言えないよナ』

「――待て。ロボ猫はともかく、警察のデータを勝手に使うのも犯罪なんだけど」

『それは岡野じゃなくニルの判断で使ったからなあ。犯罪者はニルのほうだナ』

だんだん頭痛がしはじめた。

あれだけ岡野コウを疑っていたくせに、どうやら咲良は彼の仕事ぶりを認めたらしい。ロボ猫が、犯罪者をかばうという不思議な行動にめまいがする。

「課長に報告する。どうするか決めるのは、こっちじゃないから」

『まあ、詳しいことはあとで話そうゼ』

考えてみれば、ロボ猫は警察のシステムに自由にアクセスできたのだから、助けを求める文言を書き込むことだってできたはずだ。

そうしなかったのは、岡野に協力するつもりだったという咲良の説明が嘘ではないという証拠だろう。

――それにしても――ニルヴァーナだと？

「それでは、これで失礼します」

立ち上がると、今までぽかんとして聞いていた岡野が、さらに口を大きく開けた。

「え――それじゃ、私は」

「いまのところ、逮捕はしません。《繭》の期間で、あなたが逃亡する恐れはまずないし、もう留置場がいっぱいだって言ったじゃありませんか」

「そうなんですか」

「可能性があるのは、在宅起訴です。その場合は、上司の判断を仰いでまた来ます」

在宅起訴でも衝撃だとは思うが、岡野の顔に生色《せいしょく》がよみがえった。これまで、自分が逮捕される危険を冒してでも、《繭》のこれからを占おうとしていたのだ。とりあえず逮捕はないと聞いて、さぞホッとしたことだろう。

マリコが彼のそばに行き、安心させるように腕を取った。

ちらっと、城川ユイの姿が脳裏をよぎった。

「どちらにしても、後日またご連絡しますので。いったん失礼します」

立ち上がり、タンタンのリードを引いて歩こうとしたが、動かない。見ると、水を飲んだ後、丸くなって眠っていた。

——やれやれ。

抱え上げて、連れていく。咲良はぴょんぴょん元気に飛び跳ねながらついてくる。

「水瀬さん！」

玄関を出たところで、追いかけてきた岡野コウに呼びかけられた。

「どうか、がっかりしないでください。シミュレーションは、シミュレーションです。私たちは未来を予測しますが、予測された結果を受けて、人間の行動は変わります。いえ、変わらなければなりません。だから、予測された未来もまた変わるんですよ。科学はどんどん発達するし、未来は流動的なんです。すべては私たちひとりひとりの行動にかかっていますから」

そうだ。まだ何も確定したわけではない。

二週間後にふたたび始まる《繭》も、それが何年か続く可能性も。

これからの自分たちしだいだ。

岡野にうなずきかけ、緑の家をあとにした。

早々に一回めの巡回を切り上げて、城川ユイにタンタンを返した。

城川が住むマンションのそばまで来ると、タンタンはぐいぐいとリードを引っ張り、こちらを振り放して、城川が迎えに来ているエントランスに飛び込んでいった。他人と一緒にいるのがどれだけ不満だったのかわかる勢いで、城川に飛びついてじゃれている。

「おかげさまで、ぶじに咲良を取りもどすことができました！」

城川とタンタンを遠目に見ながら、こまゆのヘルメットをつけたまま、頭を下げる。重みがあるので、前にひっくり返らないよう、気をつけないといけない。

こちらの挨拶など知ったことかと言いたげに、咲良はタンタンを追いかけて一目散にエントランスに飛び込み、城川の前で元気に跳ね、いきなり二足で立ち上がると前肢を振った。

『ありがとナ、城川ユイ！　オレさまはこの通り、とっても元気だ！』

「咲良ちゃん！　見つかって良かった！」

マスクをつけていても、城川が笑み崩れるのがわかる。それよりも、咲良は城川を呼び捨てにしているのか。あとでひとこと、言ってやらなくては。

互いにしつこいくらい手を振り合って、名残を惜しみながら交番にもどってきた。

「――で？」

咲良から、詳しい説明を聞いていない。このロボ猫は、まだ何かを隠している。

こまゆを脱いで、マスクも外して、ぶ厚い革のグローブも脱ぐ。やっと身軽になって、咲良を見下ろした。

『で？　とは？』

咲良がとぼけた表情を見せた後、『ああ、あれか』と頭を掻いた。

『ええと、アキオ。アキオは以前、オレさまに「ここだけの話」ってやつをしたよナ？』

――そんなことしたっけ。

ああ、あれだ。藤田さんが病気で亡くなったとき、咲良が知りたがるので、日報に書かなかった自分の推理を話したことがあった。

「ロボ猫にも『ここだけの話』があるのか？」

だいたい、四匹だか五匹だかいるロボ猫たちは、情報を共有しているくせに。

『うん。オレさまたちは、見聞きした情報や位置情報をログとしてすべて記録する。それは改竄《かいざん》できない』

「そう言ってたな」

『ミンがあの男に捕まって、二階に閉じ込められたとき、オレさまたちは状況をすぐ把握した。あいつに協力を頼まれたしな』

「あの部屋は電磁波を遮断できるから、警察に通報することもできない」

『うん。ミンはいったん《なか》に逃げ込んできた。言ってみれば、オレさまたちの共有スペースだ』

「そんなものがあるのか」

『まあ、仮想空間だけどナ。あの男の目的は理解できたし、それが必要なことだという認識も、オレさまたちは共有していた。データサイエンスは、オレさまたちの専門分野だからヨ』

「咲良たちも人工知能だもんな」

『だが問題は、警察のデータベースから正当な理由や許可なく情報を入手するのは、違法だってことだ』

そうなのだ。だから、その行為の主体が気になっていた。岡野に強制されたのなら、責任は岡野にある。だが、咲良たちが進んで協力したのなら――。

『それで、オレさまたちは協議のすえ、ニルを出すことにしたんだ』

「え――」

先ほどは、対応する警察官がいなかったからニルヴァーナが出たと言わなかったか。

『実際には、ミンが出ることもできたんだ。時間割どおりならミンの時間だからな。だが、万が一、警察のデータを勝手に使ったことをとがめられた場合、そこにいたロボ猫が責任を負う可能性がある。最悪、消去されてしまうかもしれない。オレさまたちはただのデータだ。削除コマンドひとつで、存在そのものがあっさり消えてしまうからナ』

削除コマンドひとつで。

それは不吉な響きだった。咲良みたいな「生きている感じ」に満ち満ちた存在が、そんなにかんたんにこの世から姿を消すとは、想像もつかないけれど。

「ミンが対応すれば、ミンが消される可能性もあったってことかな」

『そういうこと。個別に警察官と紐《ひも》づいたロボ猫になにかあれば、警察官の精神状態に良くない影響を与えるだろ。ロボ猫は、警察官の精神を救うためにつくられたのに』

「まさか、そのためにニルヴァーナを対応させたのか――」

『そうだヨ。ニルは汎用型で、誰にも対応していない。悲しませる警察官がいない。だから、ニルが出ることになった』

表に出たニルヴァーナは、違法行為であると理解しながら、バレたら自分が消去されるかもしれないと知りながら、それでもそれが人間にとって必要だから、進んで警察のデータベースを検索し、必要な情報を岡野に――《繭》のシミュレーションシステムに――渡した。

ニルは汎用型で。

対応している警察官がいなくて。

悲しませる相手がいないから。

「だから万が一、責任を問われて消去されても、ニルならかまわない――」

なにか言おうとして振り向いた咲良が、動きを止めた。

『――アキオ、どうして泣くんだ?』

なぜ涙が流れるのかわからない。《繭》の季節に入り、それが延長されたり、短縮されたりして、精神状態が不安定なんだろうか。そうならないよう咲良がいるのに、咲良の言葉で涙を流したりしたら悪いじゃないか。

咲良はしばらく、足元でちょこんと尻を床につけて座り、大きな耳をぴんと立て、賢そうな銀色の目でこちらを見上げていた。

ごしごし目をこすっていると、咲良がぴょんとデスクに飛び上がった。

『そろそろ昼飯だぞ、アキオ』

「うん。そうだな」

『やっぱりオレさまには人間がわかりそうにないが』

「そうなのか」

『うん。わかんないけど、そういうのも悪くない。オレさまはそう思うナ』

そして、本物の猫のように丸くなった。

『そうなると検察マターじゃないかな。盗まれたと思ってたロボ猫が、自分の意思で岡野家にいたっていうんでしょ。それなら問題は窃盗よりも、データの無断利用だよね』

末次課長は、泣き笑いみたいな笑顔をくしゃっと歪めて、ビデオチャットの向こうで何度も自分の言葉にうなずいた。

『どのみちもうすぐ《繭》が明けるから、朝になれば検事に報告するわ。よくロボ猫を見つけてくれたね、水瀬君。これで署長に大目玉くわずにすんだよ。えらい、えらい』

「ありがとうございます」

課長には、ニルヴァーナが岡野に協力したという話も報告した。

咲良が教えてくれた、ロボ猫の「共謀」については報告しなかった。あのときの会話は、「水瀬アキオとのプライベートな会話」と分類されたログに保存されているそうで、積極的に誰かが調査しない限り、大量のデータの海に埋もれるだろう。

『検察が人工知能の犯行をとがめたりはしないと思うけど、こればっかりは専門家じゃないからわかんないもんね。ま、あと三十分ほどで《繭》も明けるねえ〜。交代要員が来る朝までは念のために交番にいてもらうけど、今回は本当にお疲れさんだったね。引継ぎが終わったら、明日から二週間、《繭》休暇だから。ゆっくり休んでね』

課長のねぎらいの言葉を聞き、通話を終えて壁の時計を見上げる。

あと三十分で、日付が変わる。

明日になれば《繭》は解除され、ふだんどおりの生活が始まる。

岡野のシミュレーションによれば、たった二週間だけの「いつもの」生活だ。

今日の巡回は終わり、咲良が書いた日報を、自分の言葉で少し書き足したり直したりして、承認をすませた。

冷蔵庫と冷凍庫の食品は、まだ少し残っている。あれは、明日からの交番勤務のおやつになるだろう。

――《繭》が終わる。

静かに静かに、時がすすむ。

『アキオ。ニルが挨拶したいと言ってる』

デスクで丸くなっていた咲良が急に身体を起こした。

「ニルヴァーナ？」

『アキオさん、このたびはいろいろとお世話になりました』

ニルという人工知能は、咲良よりもずっと穏やかな声質で、誰にでも受け入れやすく、感じのいい話しかたをする。

なるほど、だから「汎用型」なのだろう。

筐体は同じなのに、内側に入った人工知能のタイプが変わるだけで、表情まで変わるから面白いものだ。

『咲良に聞きました。私が消えるかもしれないと知って、アキオさんは泣いてくれたそうですね。だから、おまえ消えちゃだめだゾって、咲良が言うんです』

「咲良のやつ」

ニルが微笑んだ。

『はい。ですから、なるべく消えないようにがんばります』

「そうだね。そうしてくれると嬉しいよ」

誰も泣かないなんて、思い込みだ。

涙が出たのは、ニルと自分を重ねてしまったからだった。

家族もいなくて、家に帰っても誰にも待たれていない自分。おまえがいないと困るなんて、誰にも言われない自分。

『では、咲良をよろしくお願いいたします』

ニルがぺこりと頭を下げた。

しばらくすると、『あ〜あ』と言いながら、咲良が戻ってきて伸びをした。

『どうしてアキオとオレさまがペアなんだろうな？　はっきり言って不思議だな？』

「それはこっちのセリフだ」

あと十五分。

《繭》が明けたら何をしよう。当番だった警察官は、《繭》休暇をもらえる。それも、ぴったり二週間だ。

この二週間は、大切に、このうえなく大切に使いたい。

あと十分。

『ここからじゃ見えないけど、港に遠洋漁業の船が集まり始めたらしいゾ』

ニュースか何かで知ったらしく、咲良が教えてくれた。近海の船は、遠隔操作できるものだけが操業していたが、遠洋漁業の船は、そもそも隔離された状態なので、《繭》の期間中ずっと海にいるなら操業できるのだ。

「それじゃ、明日にはもう市場もいつも通りだな」

なにもかも平常に戻るときが来る。

あと七分。

がまんできなくて、マスクをつけ立ち上がる。警邏《けいら》に出る際の装備を、てきぱきと身に着けていく。

『どうしたアキオ。もう巡回は終わったのに』

「咲良も来いよ。《繭》の終わりを、外で一緒に見よう」

二週間後に来る次の《繭》は、当番に選ばれないだろう。前回と今回、二回も続けて選ばれたのがすでに異例だ。

次の《繭》は、きっと《繭》の中で迎えることになる。

――それなら、咲良と会うのもこれきりなのか。

ロボット猫とペアを組むのは、《繭》当番の警察官だけだ。

交番を出て、歩きだす。咲良は後ろからのんびりついてくる。

もうすぐ日付が変わるが、どの家の窓も明かりがついている。あちこち窓が開いて、町中がほのかな熱気に包まれている。

「トラットリア・コロラッチオ」の前も通りかかった。二階の窓が開いていて、奥山というオレンジ色の髪の女性が、窓辺で何かを待っていた。

「奥山さん、こんばんは！」

「あ、交番の」

奥山がふわりと笑う。両方の口の端に、短い皺が刻まれる。

「もうすぐですね」

「ええ、もうすぐ。うちは明後日から開店します。赤崎は、早々と新しいメニューを考えてますよ」

肩越しに彼女は後ろを覗いた。

トラットリア・コロラッチオは、さっそく動きだしたようだ。

向かいのマンションでは、大勢の人がベランダに出ていた。みんな零時を待っている。

あと三分。

緑の家には立ち寄らなかった。あとは課長や検察の判断を待つしかないので、岡野夫妻は《繭》の終わりを複雑な気持ちで見ていると思うが、今は接触しないほうがいいだろう。

向かっているのは、城川ユイが住むマンションだ。

『よう、アキオ！　今夜は月がきれいだナ』

咲良が立ち止まり、上を向いて星空を見上げている。言われて顔を上げれば、今日は地上もいつもより明るいのに、夜空の月はとりわけ白く明るく輝いている。

昼まで曇っていて、雨になるかもしれないと言われていたのに、気づけば雲は晴れたらしい。

「うん、きれいだ」

ウォン！　という声を耳にしてそちらを見やると、マンションの二階のベランダで、タンタンが興奮ぎみに走り回り、吠えていた。

ベランダから身を乗り出して、城川さんがこちらに手を振っている。

「危ないですよ！　気をつけて！」

手を振っていた城川さんが、ふっとベランダから姿を消す。タンタンがやっぱり走りながら、ウォン！　と鳴く。

あと一分。

「なあ、咲良」

『ああん？』

「おまえと一緒に《繭》を過ごせて、楽しかったよ」

咲良は、『ハア？』と言いたげなしかめ面をした。

『当たり前だろ！　オレさまは、わざわざ水瀬アキオに特化した人工知能だゾ。おまえが楽しめるように作られてんだ！』

――なるほど、それもそうだ。

苦笑いしながらマンションのエントランス前で城川を待つ。

『でも、オレさまも楽しかったぜ。おまえ案外、可愛いしよ』

足元で咲良がぼそりとつぶやいた。

チクタク、チクタク。

時がすすむ。デジタル時計の表示が、零時ちょうどを指したとき、高台にある市役所の方角からサイレンが鳴りはじめた。

どこか物悲しいサイレンの響きにあわせるように、そこかしこで犬が遠吠えを始める。ベランダでタンタンもお座りをし、鼻づらを高く上げて遠吠えしている。

『市民の皆さま。ただいま《繭》が解除されました。くりかえします。ただいま《繭》が解除されました。長いあいだお疲れさまでした』

市の防災無線を通じ、各所に設置されたスピーカーから声が流れる。

その瞬間、四方八方から人が飛び出してきて、《繭》の終わりを寿《ことほ》ぎはじめた。

おめでとう。おめでとう、《繭》がぶじに終わったね。やっと外に出られるね。これでみんなに会いに行ける。さあ、美味しいものでも食べに行こうか。

誰かが、庭先でロケット花火に点火した。夜空に輝きが増えるたび、近くで「おお」と歓声が上がる。

マンションのエントランスからも、住人がビールやシャンパンを片手に出てきて、マンション前の路上で肩を抱き、お祝いの言葉をかけ合っている。

喜びの奔流のなかで、交番勤務の制服警察官は異質な存在だった。《繭》にも入れなかった自分が、黒い豆粒みたいな存在になった気がした。

――この人たちは知らない。二週間後にまた、《繭》が始まることを。

チクリと胸が痛む。

マンションのインターフォンに近づいたとき、エレベーターから城川ユイが飛び出して、駆けてきた。

「水瀬さん！　本物の水瀬さんだ！」

彼女が手を振って近づいてくる。

「会いたかったです。ずっとずっと、会いたかったです！」

――やっと会えた。

いつも遠目に見るだけだった城川ユイは、間近で見ると、想像以上にキラキラと輝く目をしていた。

「明日から二週間、休暇をもらうんです」

「そうなんですか」

「だから、良かったらお茶しませんか」

あわてて言い添える。

「もちろん、城川さんの都合のいいときに、ですけど」

「喜んで！　いつでも！」

城川が目を輝かせて即答したとき、ヒュルヒュルという音とともに頭上でドンと破裂音がして、上空が昼間のように明るくなった。

市役所前の広場で、《繭》明けを祝う花火を打ち上げているのだ。

「わあ、きれいですねえ」

うっとりと見上げている城川と並んで、花火を見た。

次の《繭》に入るときには、できるなら彼女と一緒にいたい。ひとりきりで四週間、あるいはもっと《繭》に入って暮らすことを楽しいと思える佐古のようなタイプもいるのだろうけど、自分はそうじゃない。

長い、本当に長い《繭》を一緒に乗り越えるなら、城川のような人がいい。近所の住人が入院すると、飼い犬を預かって世話してくれる人。人工知能の咲良と仲良くなれる人。レースのリボンを見つけて、咲良を助けてくれた人。お菓子づくりの上手な人。

そして、未来を悲観しない人。

彼女に本当に伝えたいのはそれだった。

だが、それは今じゃない。まだ早すぎる。

いつの間にか、ビールやお茶、コーヒーを配る人まで現れて、路上がお祭り騒ぎみたいになってきた。

――車を借りよう。

可愛いデザインの軽自動車で、城川と一緒に小旅行に出かける。城川はひょっとすると、たっぷりお菓子を焼いてきてくれるかも。

そんなとき、ダッシュボードに口の悪い咲良がいれば、もっと楽しいだろうに。

また、花火が上がった。

夢中で見上げる城川が、右腕にぎゅっとしがみついてきた。

終章

「バスケット、後部座席に載せますね」

城川が、自分の体重の半分くらいありそうなバスケットを、「よいしょ」と言いながら腰を使ってレンタカーの後部座席に押し上げた。

「すごいね。何を作ってくれたの」

運転席に座って、シートの位置を確かめながら尋ねる。バックミラーの角度も調節しなくちゃ。

高速道路を含めて、ほとんど自動運転で走れるけれど、こういうことをきちんとするのは警察官の性分だ。

「車で三時間でしょう？　ランチのお弁当と、デザートは欠かせませんよね。ケーキと焼き菓子とゼリーを作りました！」

「美味しそう。お弁当、高速道路のサービスエリアで食べようね」

「はい！」

《繭》が明けて一週間たつと、世間にも前回の《繭》が中途半端に明けてしまったことが少しずつ明らかになり始めたようだ。

ニュースはまた、AIキャスターが登場する回が増えて、みんなが聞きたくない本当のことを、徐々に明かし始めた。つまり、すぐまた次の《繭》が始まる可能性について。

――《繭》と《繭》のあいだの、この短い幸せな春を、思いきり楽しむんだ。

だから、城川を誘って、車で県外に旅行することにした。

「あっ、端末をセットするの忘れてた」

「鞄の中ですか？　わたし出します」

後部座席に置いたバックパックから、四角い板状の端末を出した城川が、運転席の前にあるパネルに、それをていねいにはめ込んだ。

「おはよう、咲良」

呼びかけると画面が明るくなり、可愛くて不機嫌そうな猫の顔が現れる。

『なんだヨ、アキオ。オレさま寝てたのに』

「ごめん、ごめん。高速道路に乗るから、おまえも外を見たいかと思ってさ。なんなら鞄に戻る？」

『おおっ、高速道路？　オレさま、七曜市から出たことねえんだヨ』

不機嫌な猫が、とたんに眠気を払って目を輝かせる。

この前の《繭》のあいだに、ロボット猫を使うとめざましく業務効率が上がることがわかり、《繭》が終わっても使用を継続することにしたそうだ。今後は人間の警察官だけじゃなく、ロボット猫が常に巡回に同行するかもしれない。

まずは交番勤務の警察官に、ひとり一台ずつのロボ猫が対応するが、休暇中も希望すればこうしてデータを連れ出すことができる。

相棒猫と親密になることで、さらなる業務効率化を図るのだそうだ。

『身体がないと、好きに寝そべったりできないのがつまんねえな』

咲良がぶつぶつ言っている。

「私も咲良ちゃんの頭を撫でたいな」

城川が言うと、咲良がまんざらでもない様子で『勤務中はいつでも撫でさせてやるぜ』と言った。

「猫型の業務用の筐体は数が足りないし、高価だけど、そのうち休日用に仮の筐体を買ってあげるよ」

『無理すんなよ、アキオ。まあでも、筐体があったら、アキオが寝てるあいだに寝顔の写真とか撮れるから面白いけどな』

「やっぱり買うのやめる」

『えーっ』

「そうだ！　さっき、面接を受けた会社から合格通知をもらったんです。お菓子のメーカーなんですけど。新商品の開発をする部門に配属されるんですって」

「お菓子のメーカー？　それってひょっとして」

「里山製菓なんですよ。吸収合併されるそうですけど、あそこのお菓子、どれも美味しいですよね」

城川が幸せそうに両手を合わせる。

「それじゃ、《繭》のお菓子づくりが役に立ったんだ！　良かったね」

「はい！」

彼女がつくるお菓子はとても美味しいから、当然だ。採用担当者に見る目があって良かった。

「早ければ来週から仕事に入れるそうです。だけど――」

彼女がためらい、言葉を途切れさせた。笑顔がかすかに曇った。

「《繭》はいつも突然、始まりますよね。だから、来週はどうなるのかな」

おそらく、来週から彼女の仕事は始まらない。《繭》に入るからだ。下手をすると、採用じたいどうなるかわからない。

だけど、《繭》だけじゃない。人生はいつだって、何が起きるかわからないのだ。

「いつからでもいいじゃない。城川さんがつくるお菓子は美味しい。その会社でも、美味しい新商品をどんどんつくってね」

「もちろんですよ！」

「そろそろ高速に入るよ。咲良、よく見てて」

誰も触れていないハンドルが、ぐんと左に回って、高速道路の入り口に上がっていく。

『おおー、おもしれえ』

何が気に入ったのか、咲良がひとりで感心している。

高速道路では、ほぼすべての車が自動運転なので、速度もレーンごとに一定だ。特に急ぐ理由のないこの車は、スムーズに時速八十キロメートルのレーンに乗り、車間距離を保ってひたすら隣の県を目指す。

隣は時速百キロメートルのレーンで、急ぎの荷物を積んだトラックや、事情があって先を急ぐ車が走っている。

一瞬だけ隣に並んで、こちらを抜き去った黄色い自家用車の助手席に、ひどく咳きこみ続ける女の子がいた。少し頬が赤い。インフルエンザか風邪かもしれないし、《予兆》かもしれない。

車は走り続ける。

前を向いて、心を強く持つのだ。《繭》の季節を、生き抜くために。

解説

久田《ひさだ》かおり
（精文館書店中島新町店）

福田小説との初めての出会いは２００８年刊行の『ＴＯＫＹＯ ＢＬＡＣＫＯＵＴ』（２０１１年に創元推理文庫として発売）だった。東日本大震災以前に東京の総停電や輪番停電を描いていたことで一躍予言の書とも言われたこの小説を、発売当時初めて読んだとき大きな衝撃を受けた。

「停電する」。言葉にすればただこれだけのこと。それが大都会東京で、テロによるものだとしたら……、電気が止まることにより引き起こされる様々な混乱、パニック、暴動。想像するだけで震えた。人々の生活に与える影響、その一つ一つが細かく臨場感溢《あふ》れる筆致で描かれる。いくつかの場面がそれぞれの立場の人の目線でもって語られ、徐々に明らかになっていく事件の形。そして本当の目的。多くの人が危険に晒《さら》され被害を受け、不自由を強《し》いられる。決して許される罪ではない。けれど読者は最後に行き場のない悲しみと共に思うはず、「お願いだ、もう少しこのままで」と。福田小説は大規模な事件や赦《ゆる》されざる罪の向こう側にいつも人の苦しみや悲しみを描いている。

クライシス・ノベルの名手と呼ばれる福田さんだが、銀行の取引システムを支えるSEの奮闘を描いた『リブート！』（双葉文庫）や、大赤字の病院の立て直しを引き継いだ息子の悪戦苦闘を描いた『ヒポクラテスのため息』（実業之日本社）などの青春お仕事小説も手掛けている。航空自衛隊航空中央音楽隊を舞台にした（音楽＋謎）×時々恋小説『碧《あお》空《ぞら》のカノン　航空自衛隊航空中央音楽隊ノート』（光文社文庫）から始まるカノンシリーズは、自衛隊に属する音楽隊でアルトサックスを担当する鳴瀬《なるせ》佳音《かのん》が主人公の日常の謎モノである。「福田さんがこんなキュートな小説を書くなんて!!」と驚いたのだが、徹底取材の人、福田和代ならではの描写は健在で、自衛隊員でありかつ音楽家である主人公たちの日常が手に取るようにわかる。

インフラを題材にしたクライシス・ノベルも音楽隊の日常の謎も、圧倒的な取材による背景描写がそのリアリティを支えているのだ。

『繭《まゆ》の季節が始まる』は、2022年2月に単行本として刊行された。それは前年の秋以降、いったん収まったかのように思えた新型コロナウイルス（COVID-19）が第6波として感染者を増やし、まん延防止等重点措置適用の真っただ中のことであった。

単行本時の表紙とタイトルを見ると、ほのぼの系日常の謎モノなのか？　と思わせるが、ところがどっこい福田小説ならではの重みがちゃんと盛り込まれていたのだ。

世界をコロナ（COVID-19）の感染拡大が襲い、各国がロックダウンによる都市封鎖やワクチン接種によって危機を脱出してから数十年後の近未来が舞台。繰り返されるパンデミックへの対策として、人間同士の接触を断ち感染の機会を無くす《繭システム》が生み出された。家族以外とは接触せず、一日二回の犬の散歩以外の外出は禁じられる中での生活。感染が収束し、ワクチンがいきわたったら解除される《繭》。仕事のほとんどはオンラインで代替できるシステムが確立したなか、《繭》システムの外側で働き続ける警察官の《繭》当番。二十四時間勤務、一日に少なくとも五回担当地区を巡回する。その孤独な勤務を支えるために作り出されたのが、一つの筐体《きょうたい》を共有しつつ警察官一人一人に特化されたＡＩ搭載猫型ロボットだ。「猫型ロボット」と聞くと、日本人ならほぼ全員があの憧れのポケットを持つ水色のアニメキャラを思い浮かべてしまうだろうが、当然だが全く関係ない。

リビッド66（rhivid-66）と名付けられた新型ウイルスによる四週間の《繭》生活を守る心優しき警察官水瀬《みなせ》アキオと、彼の相棒ロボ猫咲良《さくら》（名前は可愛いが言動はオッサン）が「小さな」謎を解決していく事件簿が、この『繭の季節が始まる』だ。

余談だが小説内で登場人物たちはこの感染症の名前を呼ばない。これはあまりにも恐怖が大きすぎて名前を呼べないハリポタの「例のあの人」や、2023年に優勝した阪神岡田監督の「アレ」と同じ匂いがするとかしないとか。

閑話休題。相棒ロボ猫というものの存在がこの小説最大の魅力なのだが、これはとてもよく考えられたシステムだと思う。「警察官の相棒となる動物は」と聞かれたら、たいていは「犬」と答えるだろう。警察犬はいろんな分野で大活躍しているし、人間に忠実で何より頼りがいがある。なのにあえての「猫」である。中身は最先端技術を搭載したAIなのだから筐体はなんでもよさそうなのに、「猫」を選んだ理由は、やはりその一番の使命によるのだろう。つまり警察官の心を守るための精神的なケアが最大の目的なのだから。なんて書くと犬派のみなさんから物言いがつきそうではあるが。

一部の警察官や消防士、医療関係者以外の人は《繭》にこもっているのでそうそうトラブルなど起こらないはずなのに、一日五回の巡回の中で何かと起こる事件。水瀬と咲良のコンビが、その事件を解決し、謎を解いていくのだが、それほど重大事件は起こらない。

例えば感染症で亡くなった住人の家の玄関のドアに挟まれていたスリッパの謎(第一話)や、製菓工場への不法侵入など。ただ、この事件たちはそこはかとない苦しみと悲しみによって引き起こされている。そしてたとえ軽微な事件であってもその一つ一つが内包する社会的問題点をしかと描いているところが福田小説の頼もしさだ。

第二話「止まらないビスケットと誰もいない工場」では、里山製菓《さとやませいか》のビスケット工場で起こった不法侵入事件を捜査する中で、水瀬が目の当たりにする進化した人工知能ＡＩの存在と、直面する人間という存在の証明。

植物状態となっている里山製菓社長の三十二年間の公的・私的な発言、行動の記録、日記やＳＮＳの記述などの大量のデータをもとにディープラーニングされたＡＩは、「身体と記憶、どちらが人間としての存在なのか」という問いを投げかけてくる。身体を失っても、記憶があればいいのか？　ならば、身体が残っても記憶を失ったら人間ではなくなるのか、と。この問いへの答えは見つからないまま、第五話では別の形で水瀬に問いかけられることとなる。

第三話「消えた警官と消えない罪」では、《繭》の中で守られて過ごしている人々と、その生活を守るために家族から隔離され、誰とも接触せずに働き続ける人たちとの分断が浮かび上がる。警察官や医療従事者、インフラ保守スタッフなどが「正しい世界」から排除されていると感じ、孤独感にさいなまれうつ病を発症してしまいがちというのは、コロナ由来だけでなく、様々な組織――それは会社や学校や家族もふくめて――に所属する私たち誰もが感じ得ることと言える。疎外感や排斥感、そういう「外側にいる自分」を感じないために、あるいは感じていないと思い込むために、周りに同化し、中の人であろうともがき続ける日々。それが職務という壁で仕切られているとしたら、そりゃもう抑うつ状態にもなってしまうでしょうよ。そんななか、職務を放棄して姿を消した水瀬の先輩警察官はどこで何をしていたのか、そしてその目的は。誰が悪い、と責めることは簡単だ。でもその「誰」だけが悪いわけではないことも私たちは知ってしまっているのだ。暗闇から見る温かい光、まるでマッチ売りの少女みたいだなと、とある場面で思ってしまった。

第四話「猫の手は借りられない」では、あと数日で解除されるはずだった《繭》の突然の延期がもたらす絶望が描かれるが、この絶望も私たちはよく知っている。ウイルス感染者数が減少し、いろんな規制が解除され、さぁ思いっきり楽しむぞ！　と思った矢先に現れる変異株と新しい波。繰り返される期待と絶望、増えていく諦め。お楽しみだけならまだ我慢もできようが、仕事となると死活問題だ。店が閉まり、人員が削減され収入が途絶える。公的支援はあってもとても充分とは言えない。「人類はウイルスに負けたことはない」「明けない夜はない」「いつかきっと元通りになる」いくらそんな慰めを聞いたところで、死を選ぼうとする人を絶望の淵からは救えない。その人が感じる痛みや苦しみは、その人だけの、その人にしかわからないものなのだから。

三日に一度、二十四時間共に過ごしてきたロボ猫咲良との間に水瀬が感じ始める愛情のようなもの。自分に特化されている相棒なのだから当然と言えば当然の感情なのだけど、それは《繭》が明ければ終わってしまうという現実。読みながら何とも切なくなる。

咲良の中にあるデータは残り続ける。例えば咲良のボディが壊れたとして、新しく導入された筐体が「犬」だったら、それは咲良と言えるのか。翻って人間ならどうなんだろう。自分が自分であるために必要なのは、頭（記憶）なのか、身体なのか。〝自分〟の定義とは。と、哲学的なテーマを投げかけつつ、水瀬の小さな恋もこっそり進展していく。いきなりですがここで、ちょっとページを閉じてカバーを見ていただきたい。割と小柄でキュートな容姿の主人公水瀬アキオと、中身はオッサンなのに見た目は美しく名前もアイドルのような咲良。「だからなに？」という問いを頭の片隅に置いたまま終章を読むと、二人の間にある愛情のようなものと、新しく生まれた水瀬の（多分）恋に新しい形が見えてきませんか？　ヒントは水瀬の一人称。ここにもひとつ福田和代が投げかけたテーマがある。思い込みって怖いなぁ。

第五話「引きこもる男と正しい《繭》の終わらせかた」は、咲良最大の危機である。ある朝、突然姿を消した咲良、いや、正確に言うと、その時の担当警察官富山《とみやま》の相棒なので「ミンちゃん」ではあるが。この設定、一つの筐体内に複数の人格、いや、猫格、じゃなくてＡＩ格？　が存在し、それぞれに認識はしていても干渉し合わないところなどは、人

間における解離性同一性障害（いわゆる多重人格）のようでもある。この事件の解決への
アプローチもその対応が思い浮かぶが、中の人格同士がその情報を共有し合っているとこ
ろはロボ猫ならではの設定か。

ここで再び突きつけられる問い。本文ではわりとさらりと流されるのだが（この理由は
終章で明かされる）、水瀬が思わず涙を流してしまうロボ猫と自分の共通点と自分の存在
の意味。この涙も切なくて胸が痛い。

誘拐（窃盗）されたロボ猫の、その事件の責任の取り方。あくまでデータでしかないロ
ボ猫の中身は、削除コマンド一つで簡単に消えてしまう。誰のせいにするのか。誰を選ぶ
のか。人間と人工知能の一番の違いはここなのだろう。植物状態の里山社長の人工呼吸器
を外す決断と、ロボ猫のデータをコマンド一つで消す判断。その重さの違い。

そして終章。先述した通り答えが出せないまま水瀬が抱えている問いへの、一つの解答
が示される。コマンド一つで消されるデータとしての相棒との関係。そもそもデータは
「人格」として存在し続けられるのか。そして水瀬の小さな幸せの向こうに忍び寄る新た
な波の気配とその理由。

福田和代が仕込んだ宿題が読後も頭の片隅に残り続けている。

二〇二三年二月　光文社刊